HAPPY LOVE
欣欣向爱

SHI JIE YU WO

JI JING

HUAN XI

那时青荷 著

世界予我 寂静 欢喜

一场与草木、与山水、与成长有关的**心灵写意**。

百花洲文艺出版社
BAIHUAZHOU LITERATURE AND ART PRESS

图书在版编目（CIP）数据

世界予我寂静欢喜 / 那时青荷著. — 南昌：百花洲文艺出版社，2017.8

ISBN 978-7-5500-2369-7

Ⅰ. ①世… Ⅱ. ①那… Ⅲ. ①散文集－中国－当代 Ⅳ. ①I267

中国版本图书馆CIP数据核字（2017）第188384号

出 版 者 百花洲文艺出版社
地　　址 江西省南昌市红谷滩世贸路898号博能中心A座20楼 邮编：330038
电　　话 0791-86895108（发行热线）0791-86894790（编辑热线）
网　　址 http://www.bhzwy.com
E - mail bhzwy0791@163.com

书　　名 世界予我寂静欢喜
作　　者 那时青荷
出 版 人 姚雪雪
出 品 人 余　言
监　　制 楚　河
责任编辑 李梦琦　李　瑶
特约编辑 宁为玉
封面设计 MoMo・Y
经　　销 全国新华书店
印　　刷 湖南凌宇纸品有限公司
开　　本 880mm×1230mm 1/32
印　　张 9
字　　数 169千字
版　　次 2017年9月第1版
印　　次 2017年9月第1次印刷
书　　号 ISBN 978-7-5500-2369-7
定　　价 35.00元

赣版权登字：05-2017-313

目录

CONTENTS

目录
CONTENTS

缘起

立春已过，雨水将至。刚刚过去的冬天，多晴朗，少雨雪，阳光从早到晚，大多时候都暖暖地照着，阳光底下，是波澜不惊的生活，日复一日——眼看着，冬天就这样慢慢过去，春天就这样慢慢到来。

近日，我不止一次对家人说起："等过了年，就是春暖花开了啊！"想那头年开过的梅花、樱花、桃花、海棠，又要重新开满枝头。尽管有的开得缓慢，有的开得迅速，有的开得婉约，有的开得繁盛，但都会是坚守自己的禀性，一年年自然而然地应时而开，开放在自己的春天里。

有花盛开就好，就有一段温暖芬芳的好时光了。

古人以花入馔，烹调一段闲雅时光；以花制茶，浅尝一盏有味清欢；以花作枕，点缀浮生一帘幽梦；以花清供，插了梅花便过年。或是以花写诗，以花填词，以花入画，与花岁岁常相见，纸上的明媚颜色，看得见，心中的丘壑烟霞，有花知。

过去的一年，我只将日子安静地过着，倒也过出了平淡自足的细碎之美。在这种细碎的安静里，我有时慢慢刺绣，有时慢慢写字，试着以一己的素心素意，慢慢绣一个女子的似水流年，间或写一个女子内心的二十四节气。从立春到雨水，从白露到秋分，一边默默用心体会四时的阴晴冷暖，一边缓慢而安静地写着，感觉这样慢慢地叙述，是一个安静女子的烟火日常，也是有关心灵层面的安静成长。我似乎能够从中体会到，一种慢生活的从容。内心，也慢慢在时光的山山水水间，获得一种丰富而美好的体验。

一年就这样过去，只留下这帖朴素的情意。尽管不曾以花入馔，也不曾以花作枕，但只要与花岁岁常相见，便是一种欢喜。只慢慢写着，便有行行复行行的清寂了。

想来一生营营役役，半是功名尘土，是一种生活方式；左手柴米油盐，右手琴棋书画，也是一种生活方式；心存一个闲梦，平生静好安稳，是一种生活方式；从来与世无争，凡事随缘自在，也是一种生活方式。而我心素已闲，清川澹如此，看春花多烂漫，看蝴蝶多自在，又何尝不是一种内心的澄澈与悠然呀！

一直简单地相信，一种古典安静的日常生活，有真水无香的洁净与恩慈。我愿意以自己喜欢的方式，好好珍惜，珍惜还来得及的浮生与流年。想来于一个女子而言，所有似水流年，终是要成全一种内心的懂得与从容。而这一切，应都是一种随时间而来的，慢慢的禅。一如二十四小时的阴晴冷暖，一如二十四番花信的莫失莫忘，一如二十四节气的不弃不离。

也渐渐懂得，一个真正关心内心成长的女子，也许只要持一份简单的素心，一如既往的坚定饱满，相信爱，用心爱，则一切有关流年的记忆，便会如睡莲般美丽静谧，却又一直在心底生长，绵延不绝。

立春已过，雨水将至。是这般乍暖还寒时候，是这般似水流年生活。近日，不止一次地静静问自己，接下来的这个春天，我该如何度过，才算是不辜负呢？

辑一

四时明媚，以欢喜心过生活

不必说杨柳如丝，春如线。不必说春风十里，春江水暖。
我只想靠近一块苏醒的泥土，或者，倾听一朵花的前世今生。

花信风，花信封

这个春天和往年春天一样，也没有太多不同。立春过后，便开始阴雨连绵，过了惊蛰，依然乍暖还寒。前些天梅花还开得正好，可一转身就慢慢落了。只有风无处不在，一日大似一日。

不过，春天终是来了。它总在某个不经意的时候，悄悄降临我所在的城市——昨天清晨走在上班路上，突然看见那棵山樱，又静静地开满了花。那些粉白、素雅的花，仿佛一夜之间就醒过来，一朵朵乍然盛开，直缀在去年秋天就落光叶子的枝头，有种说不出的静美。

这棵山樱，临近一面灰扑扑的爬山虎墙壁，一年四季，老墙是它的邻居，它的映衬，它朝朝暮暮的知己。特别在秋冬季，它们都有一种灰色调的安静。这两年，我上下班的时候，总会经过这里。都说万物有灵且美，我想这棵山樱定是认识我了，当我一次次走近，它一定会感知到一个女子细碎的脚步，平静的呼吸，以及心底对它的那份珍爱，与怜惜之意吧。

单从这棵山樱身上，便可感知到四季轮转，时光更迭。比如今天这一树忽然盛开的粉白花朵，只要遇见，便是春天了。它，一下子点亮这隅灰色的角落，让人心生欢喜。山樱和杏花、迎春花、玉兰花一样，都是早春的花信。及至暮春晚樱盛开，它已经满树新枝新叶，且挂满一簇簇晶莹的小樱桃了。

相传民间，自古有“二十四番花信”的说法：“自小寒至谷雨，凡四月八气二十四候。每候五日，以一花之风信应之……始于梅花，终于楝花。”也就是说，到谷雨，最后一信楝花开罢，春天也就要过去了，此后便是立夏，盛夏从此来临。

你相信吗？每年的花信风，从小寒就开始了。却原来那最寒冷的季节，最凛冽的寒风里，竟然带着花的消息——这是一件多么美好的事情！我们的先人，真可谓诗意地栖居，将每一个日子，都赋予一种诗情画意的境界。生活不过简单的布衣蔬食，但不失清平田园之乐，且每一天都有花信至，都有花应时而开。他们总在最冷的时节，以一份执着柔韧的心，一份朴素浪漫的情愫，以一种我们今天梦寐以求的慢生活姿态，畅想着花事，静候着花事，对春天生发出满满的愿景。而那阴晴冷暖的风，那绵延不绝的雨，那落在梅枝上的雪，都是一种自然的好，都是季节与花信必不可少的一部分。

一番风来，一种花开。一候梅花，二候山茶，三候水仙……从小寒到谷雨，花信风就在这段时间里，一天天吹拂着，绵延着花开的消息，弥漫着诗意的芬芳——风有信，花不误，岁岁如此，永不相负，这样的风就是“花信风”。只是，不知是花应风而开，还是风应花而来，哪一个更有信赴约，莫失莫忘？

花信风，花信风，它从远古遥遥地吹来，又拂向未来的时光深处。花信风，花信封，原来所有花的信息，都装在风的信封里。如果今夜你的窗外，有风自远方而来，有雨在轻轻洒落，那风一定是花信风，那层层风声，是时光的邮差，为我们寄来春暖花开的消息；那雨一定是杏花雨，那细细雨点，总会激起我们内心有关江南的回忆或想象。这二十四番花信，是一阵永恒的，不离不弃的风。它以梅花为封面，楝花作封底，其中一页页，一候候，无不贮满了花的信息，写满了光阴的美好与蕴藉。

没有一朵花，会错过自己的那番花信风。

这二十四番花信风，懂得所有植物的梦想。就这样一年年，坚守着与每朵花之间的约定，就这样带着二十四番等待、二十四番温暖、二十四番深情，一遍遍唤醒沉睡的花朵。如今我们，可否给自己一方安静，且听取花信风，来细述这四个月间的番番花事呢？

我知道，在明天清晨上班的路上，我还会遇见那棵美丽的山樱。那一树粉白素雅的花，宛若一纸旧信笺，总是那么安静无言，一如昨日从前的时光，与我不弃不离。

海棠无香

春风复多情，我眼前的海棠却是红妆渐老，一朵朵慢慢萎去。恍如才谢幕的伶人，静坐于镜前，一身锦绣霓裳默默换掉，再一点点来卸发间的姹紫嫣红。一颦一动，皆是慢悠悠、从容容的大家风范——方才台上那场前世今生的戏，也是慢悠悠，咿咿呀呀唱着。从杨柳依依唱到霏霏雨雪，从情窦初开唱到美眷如花，从一别三秋唱到朝朝暮暮。多少年这般过去，多少也有点不紧不慢的优雅了。

这样的落幕之美，花与人是两相似的。这样的时刻，热闹已被锦帷隔断，是静寂的时候了，可也有别样的艳。很久以来，海棠就这样静静地开，静静地落，是春天里一抹最动人的烟霞。

初识海棠，是在海棠诗社里。十几岁的年纪，乍读那组《咏白海棠》，竟是如痴如醉了。你一联含蓄浑厚的：“淡极始知花更艳，愁多焉得玉无痕？”我一句风流别致的：“偷来梨蕊三分白，借得梅花一缕魂。”她续上两行本色本真的：“花因喜洁难寻偶，人为悲秋易断魂。”读这些女儿家的诗，我的心情像梦一样美好。有一种快乐的芳香，在生命的最初，清清浅浅地飘浮着，蓦然回首，恍如昨日。

因此我便有些喜欢海棠了。曾看过一幅佚名《海棠蛱蝶图》，画里海棠绽放，蛱蝶翩飞，最是春光大好时候。最妙处，是以工笔重彩绘叶花翻卷之状，将无形之风绘出。赋色浓丽有致，画风古雅沉稳，可谓一幅好画。而在《红楼梦》里，亦出现过一幕《海棠春睡图》。画里的人儿，酣睡于春日海棠花下，两颊也染了花的绯红。让人恍然觉得，这海棠，必是浸染着细细的香吧。春日多困，在摇曳的花影里，做个幽幽甜甜的梦，也是自然的。

可事实上，海棠是无香的。想起张爱玲说过：“人生有三恨：一恨海棠无香，二恨鲥鱼多刺，三恨红楼未完。”读《红楼梦》时，单凭“沁芳”一词，便可通过花落水流红的景象，读到一种诗意审美的内核，感知到一种与生命同在的料峭春寒。沁芳，是《红楼梦》里的女儿命脉，亦是千红同哭万艳同悲的渊薮。这里面的文章，若用心来读，是可以读出真芳香的。可读着读着，到后来，就读到书的未完处，实为一恨。正如香气，尤其花之清香，很是沁入肺腑，让人大生愉悦。为什么海棠偏偏就无香呢？

而这鲥鱼，可谓鱼中贵族，秀而扁，鳞白如银，是最雍容华贵、典雅清高的角儿。其鲜活美貌，世人难得一窥。只是如今长江里，也早就没有它的倩影了。这多刺的小东西，最为爱惜身上的鳞片。据说捕鱼人一旦触及其鳞，它立即就不动了，生怕鳞受伤掉落，也就不美了。且它一旦离了水，见风见光，便马上舍了命，宁可魂断香消了去。因此，东坡先生称之为“惜鳞鱼”。

不过有时候，人是宁可不“惜鳞”的。在家乡安庆，曾流传一部黄梅戏《龙女》：传说东海龙王的女儿，为解民间百日大旱，私自降雨，后与一赶考书生相遇，发生一段姻缘。只因仙凡两隔，有违龙规，老龙王暴怒之下，要将女儿剥鳞。这龙公主竟也铁了心，强忍着巨痛，任凭满身龙鳞被一片片刮去，甘愿离开龙宫被贬为凡人，奔赴一场尘缘而去。

小时候，在老家的小镇，这部戏演了很久，许多人都喜欢。记得母亲带我去看时，我不过七八岁吧。“公主”被刮鳞受刑时，我年轻的母亲紧握着我的手。那一刻，我稚嫩的内心，竟是生生作疼的。等长大了再看这部旧戏，心疼归心疼，却终是懂得那种舍弃之痛，其实也是一种内心的成全，是为了历劫与重生，为了获得一种幸福与圆满啊！

后来我听程派青衣《锁麟囊》，感觉也是心痛的。一字一句的铿锵里，透着沉着冷静，透着孤绝清寒。是这样的唱段：“一刹时把前情俱已昧尽，参透了酸辛处泪湿衣襟……这也是老天爷一番教训：他教我，收余恨，免娇嗔，且自新，改性情，休恋逝水，苦海回身，早悟兰因。”

当听到“早悟兰因”处，我整个人竟是痴怔在那里，很久没有缓过神来。这“兰因”一词，和“沁芳”一样，都是含有无限深意的。有时候，虽种得如芝兰一般的温雅蕙质之因，却结成似柳絮飘散一般的流离之果。这佛家一句“兰因絮果”，仿佛钟声远远在敲，听的人，怎能不心生一番彻悟——在某些方面，花与人终是相似的吧。人有生离死别之苦，花有零落成泥之悲。一夜雨打风吹过后，所有的似锦繁花，终要化为飞絮尘土。也许每一种花，都会是一个女子的前世，暗合着女子不同的前缘和宿命。而这海棠，是本就无香，还是后来为了什么缘故，宁可放弃自己的芳香，我们不得而知。它只在光阴背后，一年年无怨无悔地开着。留一份无香的憾，任世人唏嘘。

恰似那为戏而生的伶人，好戏散场后，宝马香车载着喧喧人声，依稀归去。只有她，独自在灯影婆娑里，一点点洗尽铅华，还自己一个无色无香的底子。这样的不紧不慢里，饱含着自己的懂得，自己的慈悲，自己骨子里的美。那“西厢”、那“断桥”、那“化蝶”，那所有来过的故事，都在一唱三叹里掩了卷，沉淀成人间不老的绝唱。只是，那些个爱恨情愁，是劫是缘，谁又能掂量得清呢？

隔着几十年的光阴往回看，那个出身名门的女子，一身的民国气质。以她的性灵，想必也是“早悟兰因”的人了。却偏偏遇得一个叫“兰成”的人，把倾城的才华一点点敲碎，只痴痴换得低到尘埃里的欢喜。无奈半生因缘，终成絮果，到底也是终身误。

海棠无香呀！

难画桃花

雨后的桃花，还是很美的。清晨踩着湿润的小径，没一会，便到了桃花盛开的山坡。

来得正是时候。眼前繁花似锦，姹紫嫣红一片。只见一树树花朵，皆湿漉漉地簇拥着，花枝倾斜着微微颤动，自然颇具娇媚之态。这些桃花多是复瓣的，很丰腴，每一朵都很动人，一下子就映红了春天。

有几株开得最是繁盛。像团团红色的焰火，青春正好。是美人的正妆，满满的，很隆重。花瓣里是春，花蕊里是春，花萼里还是春……绵绵不绝开到了峰巅，一点儿没有保留。

那些含苞待放的，颜色也是分外嫣红，只是未到酣处。像被包裹着的心思，婉约、芳菲，秘而不宣。似乎要开得愈细腻与稠密些，似不忍负了这春的盛意。宁愿迟些，宁愿相陪着春天，直到迟暮时候。

也有单瓣的。粉红，色调偏淡，微微透了白，显得清瘦些。

细细的蕊里有清芬气息。相比于复瓣的唐风，倒有了宋词的写意与别致。

昨夜细雨初歇过，空气很是潮湿，如林荫里的芳草一般鲜美。还没有蜂飞蝶舞，没有云蒸霞蔚，只偶有几片凋了的花瓣簌簌落下。行人也少，桃花开得安静。再过几天，那种落英缤纷、乱红成阵的景象，也许就难免了。

花丛旁边的湖水还算清澈。晨风吹起，层层叠叠的水波朝我涌来。桃花开在这水边，花濡了水的气息，水沾了花的酡颜。

桃花也本就与流水有关——比如：春来遍是桃花水，不辨仙源何处寻。比如：江上人家桃树枝，春寒细雨入疏篱。在记忆的水岸边，关于桃花的故事更多，比如桃花潭、桃花源、桃花坞，比如桃花岛、桃花扇、桃花庵。

其实人与桃花隔得并不远。我童年的村庄，舍南舍北皆是桃花。很久以前，我曾在窗外栽过桃树。每年有灿烂的花，正对着狭窄的巷子，自顾自开着。我常在明媚花影里，玩得热闹。在那里，我拥有了人生最初的幸福。

我想，在春天里没有人不惦记桃花的，它是春天的当家花旦。只有等到桃花粉墨登场了，然后再来几场风雨，几场阴晦，几番缠绵悱恻的境况，春才会落幕，三分零落成泥，剩几分也付诸流水了。

三月里，桃花就是这么鲜艳肆意地开着。有挑剔缜密之心的人，本是不喜欢的。只缘桃花的美，有些蚀骨妖娆。但桃花不经意的，就这样开成了人世里最美最真实的部落。

它开在远古的诗经里，是那点点土陶红，花瓣里有埙韵——桃之夭夭，灼灼其华。之子于归，宜室宜家。

它开在古典的诗词里，是那抹抹胭脂红，与才子佳人有关。西厢人生初见，邂逅的总是一段蕴藉的风流，是一幕江南烟雨般的爱情戏，是红笺小字，细说平生意。

我常在大观园的春天里看桃花。我明白，黛玉的锦囊里，收的全是桃花的艳骨芳魂。而她的桃花社里，桃花摇曳的风情，到头来却辗转在冷风凄雨里，直流到沁芳闸。那是一个宝鼎茶闲，幽窗棋罢的地方。

我曾在江南的周庄看桃花，曾在南国的柳江看桃花，只是我很少专注地写到它。但在春暖花开的时候，我会记得来看它。如同我生在平凡的人家，会惦记着柴米油盐，也从小就有了读书写字的兴趣，是一个道理。

桃花是女子，是红颜。这样的女子，起初是水灵的，是风韵的。但几经人生的峰回路转，到后来，却有了丘壑，有了机杼。带着热烈而野性的妖娆，有既繁密又简单的凡心。它是真性情的女子——是文君，是红拂，是朝云，是小曼，是爱玲。

翻开胡兰成的《今生今世》，开篇就是："桃花难画，因要画得它静。"这句话，还是打动了我。后来他在《天涯道路》里写道：“二月里爱玲到温州，我一惊，心里即刻不喜，甚至没有感激。夫妻患难相从，千里迢迢特为来看我，此是世人之事，但爱玲也这样，我只觉不宜。”

他说她眼睛里都是笑，面庞像大朵牡丹花开得满满的。凡与她在一起，总觉得日子长长的。两人边走边说话，爱玲道：“我从诸暨丽水来，路上想着这里是你走过的。及在船上望得见温州城了，想着你就在那里，这温州城就像含有宝珠在放光。”他听了却不答言。白蛇娘娘要报许仙的恩也报不尽，有一种难受。而他是男儿，受红粉佳人之恩，只是心思很静，不可以有悲喜。

原来人世间，有种爱情确实就像桃花。如果已是满城风雨飘摇，那鲜妍的花瓣，正一片片残缺、坠落……那些视爱如命的女子，如何能安好无恙？

桃花难画。抑或真正难画的那一笔，也就在此了。就像春天，到了这深浅莫辨的地步，感觉有些不自在了，却没有人还可以抽身回头。

半被落花埋

俨然已是落花时节。前几天，还是一树树繁花似锦，一簇簇万紫千红，满满地溢着光彩与馨香。如今，都潮汐一般依稀褪去，是这般稍纵即逝，容不得思量一回。眼看着一场春的盛宴又将偃旗息鼓，渐渐归于宁静。就像我内心无法驾驭的文思，纷纷凋谢枯竭了。

有句宋词这样说："惜春长怕花开早，何况落红无数。"我深深懂得这里面的怜惜与慈悲：一个"长"字，将多少光阴藏纳起来，厚厚堆叠在心底。花开易见落难寻，这样的"怕"，更是从心里怕了。怕过早地得到，更怕后来的失去。

众芳摇落，春光冉冉地老了。满城落花，一直扑扑簌簌而下。即使艳阳浓酽如酒，即使风雨迟迟不来，一晃儿也便是暮春了——美好的东西，都是短暂的。仿佛红尘里，一幅很懂得留白的画。

好在每次从环城公园经过，我的心总能在春光里安妥下来。尽管花谢得真是厉害。午后的风里，那满坡满坞嫣红的桃花、粉白的樱花、娇媚的海棠，真正算得上落英缤纷了。只见一阵风过，各色落花洋洋洒洒，飘飘荡荡，锦重重地落了一地。人站在花树下，只消片刻，满街车水马龙便风一般消逝远遁。是落花，让思绪变得一片澄澈清明。心底里，只剩下一些古典的故事了：记得有年春天宝二爷生日，大家在沁芳亭边行酒令，后来湘云吃醉了酒，午后醉眠芍药裀。枕着一包芍药花瓣，口内犹作睡语说着酒令。四面芍药花飞了一身，满头脸衣襟上皆是红香散乱。如斯美景美境，该如何描述才是——这时候，黛玉幽幽对宝玉说，云丫头这副模样，倒活画出一联唐诗来："醉眠芳树下，半被落花埋。"

若在树下久了，原来要被落花埋了的！这里面，会有多少说不尽的好？

是这样的两个女儿：一个埋香冢泣残红，落花人独立，半肩瘦瘦的清寂，宛若佳人遗世；一个醉眠芍药裀下，半被落花埋，一枕满满的沉酣，恰似庄周梦蝶。后来，夜里抽花名签，湘云抽到一根海棠签，题着"春梦沉酣"，诗云"只恐夜深花睡去"。黛玉即打趣道："夜深"两字，怕是要改为"石凉"的。

我在十几岁的年纪，迷上了《红楼梦》。想必，书和人一样，都是各有性情禀赋的。这种迷恋，就当是人生初见吧。那个时候，我的村庄有前世一般的安静。晴朗的午后，一个人坐在后院桃树下看书，桌上的瓷杯里泡着清茶，茶汁里，能映进一方蓝白相间的青天。阳光一层层地从身上漫过去。风一吹来，那些落花纷纷扬扬。书页上，茶杯里全是柔软的花瓣。这种山桃花，是一片片单薄的绯红，一片片掩在细细密密的字上——我常常就这样捧着书，进入想象，想象自己穿过高高的墙闱，走进这座深宅大院，走进这片花柳繁华之地，诗礼簪缨之家。我在大观园里慢慢走着、走着。在沁芳桥畔，落红成阵之时，我曾去往画楼深处，我在我的落花梦里，随着文字的引渡，会遇见潇湘妃子，会看见枕霞旧友。感觉这个地方，前生前世曾经来过。

另一年春日，春阳依然暖暖地照着。那时我赋闲在家，半年有余。记忆里，那个春天似乎来得特别早。很容易的，杨柳就发青了，燕子也归来了，油菜花全开了。我经常在阡陌纵横的田野上徜徉着。有时挖些荠菜，有时摘些新茶，或者采些野蕨、映山红。站在高处，我看见天与地一样的宽阔无边，房前屋后的山峦，也一天天变得清秀。小河在阳光下静静地淌着水，像极我无所事事的日子。偶有几声鹧鸪或布谷的声音，忽远忽近地传来。鹧鸪的声音里，有幽幽的远意，仿佛来自深谷，隔着某一程重山叠水。可布谷的叫声就不同了，只悬在咫尺头顶，声音是那么急促，慌里慌张地丢下来，一声赶不得一声，继而匆匆飞走，如同驿路快马，有日行千里的要事。尽管就这么寥寥几个字句，但一切有关春天的机密，必须尽快地表达，掷地有声。连收尾的音符，都那么干净利落，一点也不拖泥带水——而我那半年、甚至更久的时光，却如一卷毛边的线装书，夹着一瓣记忆之花，旧旧地印在年轮之中。

村庄，还是一如既往的安静。天气越来越暖了，我窗外的桃花，一朵朵在盛开。有的花枝直伸到长长的走廊上，伸手可得。成群的蜂蝶，在花树间来来回回地盘旋飞舞，嘤嘤之声里，饱含阳光与花萼的味道。有的竟然飞到了屋里，找不着出路，直朝墙壁上的挂历一通乱撞——春光，真是恼人的东西呀！有时候，我将洗了的衣服晾好，懒得看电视，没事便坐在窗下，翻两页《红楼梦》。就这样翻着翻着，没过几日，桃花竟如中谶语一般纷纷飘落。间或下过一些雨，湿湿的花瓣直落满了台阶，一层层覆盖在潮湿的青苔上，渐厚。如书中真真假假的情节，如光阴兜兜转转。

一晃十多年过去。这些年，不管辗转到哪里，我的行囊里总是丢不下这本书。我的掌心，总是丢不下这个刻在石头上的故事。在某种意义上，是书与人的莫失莫忘，不离不弃吧。只缘，它是我生命里青梅竹马的传说，是过往流年里相知如镜的慰藉——尽管此生已作浮萍记，但带着一本书在身边，就好像带着另一个自己，慢慢地行走在市井人间，行走在落花陌巷。我深信，那另一个自己，是本真无邪的——多少个春来春去，方才换得一个小小的自己呀！

在最深的红尘里，莫失莫忘，不离不弃，这是多么美好的事情。尽管走着走着，身后总是一地落花，尽管时光，依旧是无涯的荒野。

红了樱桃，绿了芭蕉

是在上班的路上，忽然就遇见卖樱桃的小贩。一簇簇，一堆堆的玛瑙红，鲜艳夺目，剔透玲珑，盛着清露一样的甘甜，盛开在街头巷尾。心头倏然一惊，时间过得真快，樱桃又上市了。五月微雨后的清晨，这极寻常的市井细节，这一枚枚美丽的浆果，让人侧目驻足，心生几多喜爱。

流光容易把人抛，红了樱桃，绿了芭蕉——我总是很喜欢这句宋词，宛如画境一般，别有滋味。光阴荏苒，春去夏来，季节的暗自流转，虽不动声色，但终归有迹可循。譬如这红樱桃，绿芭蕉，总与初夏的光景相映衬：一个红得鲜妍明媚，一个绿得古典清幽，如一对小姐妹同生共长，一并出落成光阴里的双生花。

我很喜欢买樱桃。洗净的红樱桃，水灵灵地盛在青花瓷盘里，红艳艳地映在眼底，有一种诱人的美，有一种不舍得吃的怜爱。在我内心深处，一直有一个关于樱桃的梦，因为樱花的美，更因为樱桃的甜。不曾想，那样素雅纤柔的花，竟结出这样晶莹饱满的果子——雨过园亭绿暗时，樱桃红颗压枝低，樱桃，是春天离开过后，时光回馈给我们的第一份欣喜与慰藉。也许春色三分，一分尘土，一分流水，还有一分，则化作了果实的香甜。等到与樱桃相遇时，才终于懂得：桃红蕉绿，却是春天另一种方式的美。

芭蕉，更是一种诗意的植物，多植在南国的青砖小院。鱼鳞瓦的老屋，朱红格的轩窗，初夏的阶前窗下，已是花木扶疏，落英匝地，再配上阔叶的芭蕉，想象着那会是怎样的怡人景致——清晨人醒来，推窗，深呼吸，视线里是一方碧蓝的天，是芭蕉宽阔肥大的绿，那时光，那心情，定是格外清雅，碧玉一样温润了。张潮在《幽梦影》里说：种蕉可以邀雨。想必当年他的窗前，定是长着一丛茂盛的芭蕉，而闲雅的他，则就着芭蕉绿影，品茗听雨，吟诗著述。

《浮生六记》里，沈三白曾这样描述沧浪亭："檐前老树一株，浓荫覆窗，人面俱绿。"人面俱绿，这四个字真是精辟绝妙，值得反复咀嚼。试想，这样的绿里，怕也少不了芭蕉吧。而他与芸娘，当年就是在这样的绿窗下，许下布衣饭菜，生生相守的愿景。

《红楼梦》中，探春最爱芭蕉，自号"蕉下客"。她才情过人，不但诗写得好，且工于书法。感觉芭蕉的快意之绿，与聪慧爽直的三姑娘很是相配的。所谓"书成蕉叶文犹绿"，是何等的洒然风姿。再看贾宝玉的怡红院，山石一旁生几株芭蕉，另一旁是西府海棠，海棠红，芭蕉绿，因而那门楼上便题着"怡红快绿"

的匾额。夏日午后，众人闲睡去了，晴雯和宝玉坐在芭蕉荫下的长石凳上，晴雯每嗔笑着撕一把扇子，宝玉则击掌大叫一声好。想来晴雯这短短一生，只在这芭蕉荫下，笑得最是花枝乱颤，最是没心没肺，最是别样快乐。这场景，也只适合在芭蕉下，若在海棠花下，总有些不太协调。海棠为女儿花，到底有一种风雨清愁，而芭蕉是欢畅明快、舒卷有致的，有一种山长水远的疏美与朗阔。

芭蕉和“快绿”，赋予人生一种贴切的快乐，但快乐的存在，不是天长地久，一成不变的。芭蕉，一旦与雨交缠一起，可也就字字清愁了。静寂的雨夜，辗转难眠，芭蕉寒，雨声碎，窗外芭蕉窗里人，分明叶上心头滴。那雨声不断敲打在蕉叶上，不曾停歇过，绵长的愁绪，被牵扯得丝丝缕缕，万水千山。这一点，与梧桐雨、残荷雨很相似，总引人无限愁思，总透着凄凉况味。

窗前谁种芭蕉树？阴满中庭，阴满中庭，叶叶心心，舒卷有余情。

伤心枕上三更雨，点滴霖霪，点滴霖霪，愁损北人，不惯起来听。

南渡的李清照，客居在异乡江南，便是在这样的雨夜，对着昏黄的灯影，思及被占的北宋故土，思及却嗅青梅的少女时代，思及沉醉溪亭的青春岁月，思及与夫君共赏金石、相和诗词的锦瑟华年……思及这一切，不由泪水潸然，写下一阕《采桑子》。采桑子，让人想起江南陌上的春天，想起那满野的桑树，和陌上采桑的女子。窗前谁种芭蕉树？这一问，问出了命运的无奈，问出了人生的伤痛，问出了内心的万恨千愁。这个时候，国破家亡，故园不再，谁还有心去种树赏花呢？窗外芭蕉愈发繁茂，心境却是愈发凄凉。那些内心深处的回忆，似梦一样来来回回，重重叠叠，一如蕉叶层层裹着蕉心，雨打在蕉叶上，如同滴落在词人的心上，让人肝肠寸断，再也无法听下去。

可以说，从唐诗到宋词，从羁旅之苦到国恨家仇，从天涯行役到绿窗闺阁，那帘外芭蕉一旦遇上冷雨，几乎都成了愁的化身——“隔窗知夜雨，芭蕉先有声”，是白居易的愁；“一夜不眠孤客耳，主人窗外有芭蕉”，是杜牧的愁；“何处合成愁？离人心上秋，纵芭蕉，不雨也飕飕”，是吴文英的愁；“帘外芭蕉三两窠，夜长人奈何”，是李煜的愁；“芭蕉不展丁香结，同向春风各自愁”，是李商隐的愁……

不过，凡事也皆有例外，与满腹愁思的旧时文人截然不同的，是个叫怀素的僧人。

怀素自幼聪明好学，他在《自叙帖》里开门见山地说：“怀素家长沙，幼而事佛，经禅之暇，颇好笔翰。”因为买不起纸张，他就找来一块木板和圆盘，涂上白漆书写。后来觉得漆板光滑不易着墨，便在寺院附近荒地上，种植了百亩芭蕉。芭蕉长大后，他摘下蕉叶铺在桌上，临帖挥毫。久而久之，老蕉叶剥光了，小叶又舍不得摘，于是想了个办法，干脆带了笔墨站在芭蕉树前，对着鲜叶书写。他勤学苦练的精神，是十分惊人的，不论烈日炎炎，还是山风呼啸，怀素总是穿梭在蕉林之间，在蕉叶上挥手狂草，写完一处，再写另一处，坚持不懈，从未间断——这就是有名的“怀素芭蕉练字”。那种如癫如狂的执着与气势，一如骤雨旋风，满野纵横，算是活出了生命的疏狂、旷达与本真之境。

相逢一朵清香的菱花

我是如此喜欢水生的植物，喜欢盛开于水上的花朵。它们在水一方，有着诗经的远意，又近在咫尺，是种日常的熨帖——譬如逆流而上，遥想一纸水湄的蒹葭，或在不经意间，相逢一朵清香的菱花。

也许，是当年有人随意散落一些菱角，抑或邻居丢下几茎鲜活的菱蔓，这些年，我家门前池塘里，立夏过后，很意外地便长满了一池青菱。它们于清澄的水面上，兀自开枝散叶，一日胜似一日的葳蕤，俨然一匹清新的绿缎子，翠生生地蔓延开去。

及至初夏时节，放假归来的我，每天清晨黄昏，都被这满塘的青碧所吸引。一池鲜嫩的菱叶，铺满整片水面，更有初生的菱花，自叶梗处悄然而开。那星星点点的洁白，柔美而玲珑，流露着宋词般的清婉之气，直教人心生无限爱怜。

菱花蔓生于水上，是莲荷与蒲草的芳邻。每一茎清亮的菱叶，都映照着天光云影的变幻，每一朵素雅的菱花，都蕴含着明月清风的清凉。倘若在夜半月白时分，来到水边，看菱花于幽幽水面静静地开，那种若即若离的馨香，在月光下轻轻浮动，恍然间是否会让人有离尘出世之感呢？

菱花是安静的，只安静悄然地开着，那青涩的芬芳里，自有一种沁人的气息。菱花是微小的，微小得你都不知道，它是什么时候凋谢的，却又悄悄结出了小小菱角。待秋风乍起，一蓬蓬菱叶渐老了，一簇簇菱角也就长成了。

于是，想象里便浮现如此画面：一顷菱花白，十里荷花香——这一顷水灵灵的白，有《如梦令》《西江月》《生查子》般的白；这十里清灵灵的香，是一程《忆江南》，是一幅《清平乐》，更是一曲《蝶恋花》似的香。

于是，尘世里注定会有如是场景：美丽的采菱女，划着轻巧的小船，在菱塘深处，唱着美妙动人的采菱曲。于是，便有了“菱花结实蒲叶齐”的丰饶景象，有了“采菱歌怨木兰舟”的婉转缠绵，有了“郎听采菱女，一道夜歌归”的甜蜜快乐，有了“荷丝傍绕腕，菱角远牵衣”的天然野趣。

喜欢与菱花有关的器物，譬如菱花镜。

“滴不尽相思血泪抛红豆，开不完春柳春花满画楼。睡不稳纱窗风雨黄昏后，忘不了新愁与旧愁。咽不下玉粒金莼噎满喉，照不见菱花镜里形容瘦……”宝哥哥这首《红豆曲》，定是唱给林妹妹的吧？也许，在所有你来我往的世间，只有他们，算得旧相识。只有他们的相遇，是久别重逢。

只有她，眉尖若蹙，在春天的菱花镜里梳妆；只有她，是他心头遮不住的青山隐隐，绿水悠悠；只有他，看得见她菱花镜里的形容瘦；只有他，懂得她才下眉头，却上心头的爱与哀愁，是缘起三生石上，是痴痴一帘幽梦，从前世的灵河岸边，直到今生的潇湘馆里。

喜欢菱花般美好的女子，譬如香菱。

她是《红楼梦》里最美的丫鬟之一，像一朵清婉的菱花。生得袅娜纤巧，做人行事又温柔安静。她本是小姐的底子，生于姑苏诗书之家。只是几经辗转困厄之后，每当有人问起她的身世，她总是回答，我不记得了。然命运再苦，她总是一派浑然天真，可怜可爱的模样。人生再难，也难掩其与生俱来的清灵气，书卷气。

看她与黛玉论诗，说起诗的好处，与诗的情理。直以一种形象生动的语言，诠释“大漠孤烟直，长河落日圆”“日落江湖白，潮来天地青”等诗篇的美，真是渐入“如切如磋，如琢如磨”的佳境。

再看她潜心学诗，废寝忘食，如痴如醉，终于梦中得句，写出“精华欲掩料应难，影自娟娟魄自寒。博得嫦娥应自问：何缘不使永团圆”的精彩诗句，赢得众人一致的赞赏。香菱的命运是清苦的，学诗写诗，可以说是她生活里唯一的清甜了。

最让人喜欢的，还是她对花香的品评，更加耐人寻味，独有一番见地。当面对“菱角花开，谁见香来？若是菱角香了，正经那些香花放在哪里”的诘问时，她是不卑不亢，娓娓道来：“不独菱花香，就连荷叶、莲蓬，都是有一般清香的。但它原不是花香可比，若静日静夜，或清早半夜，细领略了去，那一股清香，比是花儿都好闻呢。就连菱角、鸡头、苇叶、芦根，得了风露，那一股清香，也是令人心神爽快的……”

难怪宝玉说，女儿是水做的骨肉。女儿的美好，是金玉不足喻其贵，冰雪不足喻其洁，花月不足喻其色，星日不足喻其精的。

香菱，就是这样一个有慧根的女儿。她原名英莲，本就有莲一般的清雅品质，她和黛玉一样，是女儿中的女儿，是浮动于大观园深处的，一缕古典的清香。黛玉是出水芙蓉，拥有一颗诗心的香菱，便是她最近的芳邻了——所谓“根并荷花一茎香”，菱花与芙蓉，同是水中盛开的花，是同声相应，同气相求的，同样有水一样的颜色，水一样的灵秀，水一样的芬芳。

原来，菱花是有清香的。那是一种似有若无，淡淡的香气，一般人是闻不见那淡雅之香的，聪慧的香菱，却细细领略了，深深感知了。只因，她有颗纯真的女儿心，温婉、细腻、清澈，天生自有一种脱俗的美。

我喜欢在安静的夏日，走近半亩池塘，相逢一朵清香的菱花。

一生中三次来看荷

我相信，人与花之间是有着某些缘分的。比如荷，一定是我前世的姐妹，一辈子开着清悠，或淡雅的花。

去植物园看荷之前，我特地在衣橱里找件印着水墨荷的，有些旧了的衣裳穿上——旧旧的软，隐隐的灰，褪了色的水墨，远远看上去，想必是灰扑扑的了。可我还是执意穿着它，一路往荷塘而去。也许有一种喜欢，只能默默深藏于内心，是我无法表达的小心情，那就索性穿件与荷有关的旧衣裳吧。因为荷，永远生长在碧波之上，而我，却一直忙碌于红尘之中，是时间这道茫茫长河，让我们一别经年，思念淡淡的，如雾，不辨清澈与朦胧了。

其实，四个月前的初春，我来看梅花的时候，是见过这方荷塘的。当时我一个人伫立桥头，望着一片萧瑟的水域，一片沉睡的残荷，心里默默许着愿，等到夏天，你盛开的时候，我要再来看你。

于是什么也没准备，只怀揣着一份简单的心情，或刻意地只挑件水墨荷的旧衣裳。就像很多年前那句话：我用自己的方式，悄悄地爱你。是的，我只用自己的方式，悄悄爱着你，悄悄地与你相遇，我前世的姐妹啊……

我没有多少优美的语言，来书写你的美，也没有优雅动人的舞姿，隔着长长的岸和你一起临水照花。我只安静地站着了，只用一片安静的目光，送走昨日仍在缠绵的阴雨，忆起旧时清凉无边的月色。请允许一个女子，就这样带着一身尘埃走近了你。

你会发现，她温柔地看你的目光，已经不再清澈见底，那眷恋着你的内心，也覆盖了一层岁月的疲倦。不过这个女子，还是有意无意地把自己活成一株行走的植物了，试图通过一片风、一朵花的指引，与你一起长长地踏上回家的路，去看看曾经的青梅竹马，曾经的烟雨前生。或者渐渐的，就什么也不说了。有些无端的述说，都不过是湖底一片片恍惚的影子，一些生命里可以忽视、却不可省略的段落。我常常在这些段落里，保持一种如水的沉默。默默生活着，就像你在泥中默默生长着。对于你，生根长叶是一种好，盛开凋落是另一种好，你说，既然生为植物，那就在时光里慢慢修行，修到中通外直，不蔓不枝，修到一种香远益清，抑或真水无香的境界吧。在这一方天光云影之下，你只是素面朝天，把出淤泥而不染，长成一种美，把濯清涟而不妖，长成另一种美。你的一生真是简约清雅，仿佛水墨画一般了。

也许到秋天，我会再来看你，站在城市的车水马龙之外，和你一起听听雨声。听你藏在莲蓬里的一粒粒清苦而芳香的梦，听你住在莲藕里的那一缕缕剪不断，理还乱的乡愁。我相信一场秋雨，可以拉近我们的距离，可以成全我们更深远清美的相遇。

不再见那个听雨歌楼上的人，不再见那个听雨客舟中的人，更不再见那个听雨僧庐下的人。只在雨中，听一个人的江阔云低，听人生的三阙境地。一任心底丝丝缕缕，一任阶前点点滴滴。一任生命里那些不着调的黑白线条，像雨一样，斜过万水千山。

还是诗人说得再好不过：一生中三次来过渡，次次都有，同样温柔的夕暮。而我，一年中三次来看荷，次次都会有同样清澈的心情吗？甚或，沿着雨的记忆，一生中三次来看荷呢，每次，都会是相同的雨吗？每次，都还有相同的我吗？每次都会是，同样懂得的慈悲吗？

为什么，我已经忘记你在诗经里的模样了？每个人都懂得，你有诗的清雅，又有经的深邃。唯有我不懂你。其实，不懂你，并不是不爱你。尽管你的容颜谢了再谢，落在唐诗宋词的平仄里，让多少文人墨客的忧伤，如小令一样长长短短，无法丈量，我还是一如既往地爱你。哪怕你的清香淡了一千年，再淡一千年，令我一年中三次来看你，也无法与你靠近，我依旧用自己的方式默默爱你。因为蒙蒙烟雨，注定要洇湿我的心情和思绪的，恍如一抹散不开的水墨，恍如一生最朦胧的底色。因为，每一次都无法避开时间的泱泱之水，却又无法涉水而过，与你同回故园，回到前生无邪的梦里，隐居于明月清风的自在圆满里。

到后来，你便在更多人的梦里了。你在更多女子的心里，得到了无量的懂得。我在书里读到更多的你，每走遍一个地方，便会与你相遇。尽管前尘隔海，往事如烟，可我知道只要遇见你，你就会默契地陪着我，慢慢走在细水长流的风景里。

终于有一天，我忍不住要亲手绣你了。你不知道吧，在一个个夏日初长的黄昏，在来植物园看你之前，我已经完成了一组荷图。我是带着一份俨然了却的心愿，前来看你的。我用柔软的丝线，将你从盛开到凋谢的美，一针一针痴痴绣了出来。而以后，我想我还要再多描绘你几遍，可以是写意，可以是工笔，哪怕既不能够生动地展现你一朵的孤清，三两朵的安静，也不能够展现你一碧无垠的宽阔，和骨子里那种不可临摹的气质。我只觉得这种近乎女工的方式，可以让我在偶然的闲暇里，避开文字虚张的矫情，同时又呼应着内心真切的感念。这种感觉，让我越发深深懂得自己了。特别是那幅落过花的莲蓬，当那种苍绿的颜色，完整地呈现于手中时，我仿佛看到时间的本来面目，不悲不喜里，有无我的沉静。我突然明白，那生命里一些无明的凋谢，原来注定是为了成全一个女子内心的禅啊！记得那大观园里的几个女子，秋爽斋偶结海棠社，蘅芜院夜拟菊花题，忆之不得，故访。访之即得，便种。及至盛开，赏之簪之，画之供之，后来，诗里梦里，竟都是菊的影子了。我没有她们的才情与高洁，我唯有在寻常的柴米油盐之余，洗净十指，端坐窗前，低眉顺眼地绣你。把一个女子的小心情，小欢喜，都绣给你来看。

我感觉，你的身上散发出乡愁一样的美。在时间静默的水底，你，和一些如荷的女子，都成了我心头的惦记。你和她们一起生长于内心深处，成为心底最美好的记忆。你总让我在这平静的日子里，想起那些前世的女子。你们有了相似的容颜，相似的本质和气息，你的美，不再只是你自己的，你只要生长，便要化作飘逸的芳香延伸开去。

孤标傲世偕谁隐，一样花开为底迟，当年的黛玉，不就是一朵独立深秋的荷吗？群芳筵上她一心想抽到好签，却偏偏抽到了“风露清愁”的芙蓉。“红颜胜人多薄命，莫怨东风当自嗟”，这句诗谶再一次预示了她的悲苦命运，及过于脆弱自怜的心性。黛玉，她真是一朵遗世独立的荷了，大观园里的一池残荷，和一窗雨声，都是她一个人的小世界。她为何只愿意在秋天留得残荷听雨声，她的春天，她的夏天，是谁一把都收走了？趁她还在若即若离的梦里，就忽喇喇的，收走了她的世界，席卷了世事的有常或无常。

到后来，会在夏天清晨醒来的，也许只有芸娘这个女子了。

芸，也是一株荷。在我的感觉里，她是夏天里那株开得正好的荷，是可亲可念的姐妹，是不早不迟的知己，她有一颗真实通透、温婉而慈悲的心。我随时都可以轻敲着时间的墙，去访她看她。

如同今日，或某天去看荷。

想起《浮生六记》里说：“夏月荷花初开时，晚含而晓放。芸用小纱囊撮茶叶少许，置花心。明早取出，烹天泉水泡之，香韵尤绝。”是怎样的一个女子，有着这样莲藕般的七窍玲珑心。也许，人生里一些美好的事物，不是知道得太早，就是知道得太迟。在植物园，面对一池田田的荷，我心里不禁想着，若有一天能把手中的似水流年，过出芸娘这般烟火日常，那就让所有的懂得，来得迟一些，再迟一些吧。

只不过若是懂得，就要真的懂得，荷会一直在那里。那里总有一片幽香，泠泠在目，在耳，在衣。哪怕季节一转身，便是白露秋风的夜，寒露霜降的天了。若是真的懂得，自会懂得，岁月总是一朵恩慈的花，不曾凋谢，哪得成全。

凤仙花，小桃红

我对凤仙花总有一种特别的喜欢。从前的庭院，多是房前种菜，屋后栽花，这边篱笆下，豆藤瓜蔓绵延出一片夏日的青碧，那隅井栏外，更有一丛凤仙花，开成一抹动人的胭脂红。

说来都是少年时候。一个初涉人世的小女孩，与凤仙花总有一份天然的亲近。那些年，我家小院里，被我密密地栽种了许多凤仙花。暮春时，鲜嫩的凤仙花苗，沐浴着乡间的晓风晚露，水灵灵地生长着。几场雨过后的清晨，便悄悄开出了朵朵粉白、嫣红的花，仿佛蝴蝶一样明媚、俏丽。我穿着的确良碎花裙，静静立在花前，细细看自己亲手所种的花，心里也仿佛有只欢喜的蝴蝶在飞。

如今想来，那初开的凤仙花，就是一段快乐的少年时光。我与一株自己的凤仙花，朝夕相处，两小无猜。花是活色生香的，我也是活色生香的。

凤仙花是一种女儿花，又名小桃红，蔻丹花，指甲花。旧时女子喜欢用凤仙花瓣来美甲，摘几朵大红或浅紫的凤仙花，和上明矾，在石臼中捣成鲜红的花泥，然后将汁液敷在指甲上，把纤纤素手，染成十指丹蔻，正如这首《醉花阴》所描述的情景："曲阑凤子花开后，捣入金盆瘦。银甲暂教除，染上春纤，一夜深红透。"

小小一朵凤仙花，原来竟是这样妩媚，装点着一个女孩的豆蔻年华。就像胭脂，是以红蓝花经杵槌捣出汁液制成，而画眉则是用一种叫"石黛"的石头。想起宝玉初见黛玉，忙着问妹妹可曾读书，又问名问表字，见林妹妹眉尖若蹙，说"西方有石名黛，可代画眉之墨"，便送其妙字"颦颦"。接下来的日子，宝玉上学前去辞黛玉，千叮咛万嘱咐，那胭脂膏子要等他回来再淘。那么，顺便采些凤仙花捣成花泥，取汁为林妹妹点染素手的事，他又岂能不亲力亲为呢？

有次参加庆典晚宴，在华灯璀璨的大厅，一个年轻女子身着雅致的青花旗袍，安静地坐着弹琴调筝。好一曲美妙的《春江花月夜》，琴声婉转悠扬，如淙淙流水，动人心扉。只见纤长的手指上下翻飞，涂了蔻丹的指甲格外好看。正所谓"弹筝乱落桃花瓣"，十指翩跹，恰似那纷纷扬扬落下的花瓣。当然，如今女子染指甲，再也不会用凤仙花了。专业美甲店里，有专业美甲师，每一个美甲师，都是一个绘画高手。在修长的指甲上，细细画梅花点点，画亭亭睡莲，画水彩虞美人，或清新可爱，或古典淡雅。最惊艳的是，这女子居然于柔荑之甲上，画了银色的蝴蝶，一只只翩翩起舞，闪闪地充满灵气。

因为有了各式各样的指甲油，很多女孩难得认识凤仙花了。可在我的记忆里，凤仙花依旧明媚一如当年。我种凤仙花，不为取汁染指，只为丰富自己的小花园，只为单纯地看花开。打我从记事那年起，我就认识凤仙花，并开始年年栽种凤仙花了。凤仙花是那样亲切，那样寻常，相伴着我的年少时光，给我一种简单而美好的快乐。我的凤仙花，是一种自由生长的花，一丛丛的粉白、浅紫、桃红，就那样随意地长在篱笆旁、矮墙边，随意地开满从前的夏日。而那个从前的我，也如此在父母长辈的呵护里，自由自在地生长着，从呱呱落地，慢慢到豆蔻年华。

凤仙花的花语是“别碰我”，因为它成熟的籽荚，只要轻轻一碰，就会弹出很多的花种来，故而凤仙花种子，亦名“急性子”。只是，我更喜欢凤仙花的另一个花语：怀念过去。我感觉，这才更契合记忆里的凤仙花，更能体现凤仙花的美，更能表达我心中那些对凤仙花、对往事与旧时光，一时无法言说的话。是的，用一朵花怀念过去，慢慢地怀念或诉说，是一种随时间而来的，恋恋不舍的情愫。

如今每年夏天回老家，我家院子里的凤仙花，依然开得明媚灿烂。它们从来不需要种植，都是头年弹落下的种子，次年又是一片姹紫嫣红。就这样默默开在老家的庭院，一年年静静开着，一朵又一朵，摇曳着别样的美好，无不让人想起那远去的青葱时光。

茉莉恰好

傍晚，我在阳台晾洗净的夏衣，不经意间闻到一缕清香。低头一看，原来是盆栽的茉莉，在晚风里初开了一朵。更有许多花苞，一粒粒静卧在花枝上，仿佛擎着一个青绿的梦，静待来日开放。

这朵初开的，芬芳洁白的茉莉，在渐渐升起的暮色里，是如此清新素雅，让人心生怜爱。它是一首纯净的小诗，有着说不出的恰好的意境，让人想起那首熟悉的民歌《好一朵美丽的茉莉花》，清灵的江南调子，清扬动听，清香四溢，让人听见江南花开的消息，想起江南的烟雨图画。

感觉茉莉，还有白兰，是最具有江南气质的花。一朵皎洁的白兰，一朵娇小的茉莉，犹如身着蓝印花布的女子，长发轻挽，一身清媚，浅笑嫣然地迎面走来。

初夏清晨，在江南的小镇街头，总是会遇到卖花的阿婆，花篮里齐齐放着一枝枝白兰花，或是一串串穿好的茉莉花。年轻的女孩围上来，花几块钱买两枝兰花，欢喜地别在衣襟上，或是买串茉莉花戴在腕间，成了美美的茉莉手镯，一路走过去都是淡淡花香。

一朵茉莉的芬芳，让我想起从前在江南的那些时光了。

茉莉的香是恰好的。是窗边一抹清远的月色，风一样柔和，水一样清澈；是江南水乡的一段风景，恰好的粉墙黛瓦，恰好的红浅绿深；是寻常陌巷里的一段家常，恰好的小满芒种，恰好的烟火气息；是曾经恰好的青梅年纪，竹马时光；是当下恰好的夏日浓荫，夏花生长。

我素来喜欢白色的花朵。水仙、玉兰、梨花、栀子，都是那样好看，且芳香。不知你可曾发现，世间众多的姹紫嫣红里，唯有白色的花最香。其白，是亭亭玉立的白，小家碧玉的白，曲径通幽的白。其香，亦然。

一朵洁白的花，静静开在浮世，只认定了最单纯，最素朴的颜色，只一心一意地散发自己的芬芳。不虚浮，不张扬，只在光阴的宣纸上，留下几笔珍贵洁白的意蕴。想来人也是这样，越朴素单纯的人，越有内在的美。一个美好的人，总有着清新纯净的面容，清扬莞尔的笑意，她是温润从容、安然若素的。那种从内心里散发出的淡雅清亮，只要走近，便是花开的气息。

读《红楼梦》，我们大多记得宝钗扑蝶，黛玉葬花，湘云醉卧，却不曾记得还有一个画面：迎春穿花。那天，真是一幅美好祥和的场景：“黛玉因不大吃酒，又不吃螃蟹，自命人掇了一个绣墩，倚栏坐着，拿着钓竿钓鱼。宝钗手里拿着一枝桂花，玩了一回，俯在窗槛上，掐了桂蕊，掷在水面，引的游鱼浮上来唼喋。湘云出一回神，又让一回袭人等，又招呼山坡下的众人只管放量吃。探春和李纨惜春正立在垂柳阴中看鸥鹭。”至此，曹公突然笔锋一转，接着来了一个特写：“迎春又独在花阴下，拿着花针儿穿茉莉花。”

她，不像其他姐妹一样嬉闹，而是一个人，又静静地独坐在花阴下，拿着花针穿茉莉花。薄如蝉翼的阳光，透过花阴映在她身上，花香静静流淌，这是何其静谧，让人爱怜的一幕。

一个“又”字，告诉我们她是经常这样穿茉莉花的吧？也许，宝钗扑蝶，黛玉葬花，湘云醉卧之时，抑或茉莉粉替去蔷薇硝，玫瑰露引出茯苓霜，大观园后院鸡零狗碎，层出不穷之时，说不定迎春都独在花阴下，静静地穿茉莉花呢。

整部《红楼梦》里，迎春是温柔沉默，与世无争，甚至有些木讷的，才气远不及其他姐妹，命运更是让人唏嘘。但曹公很是珍爱和同情她，单独为她设计了这样的画面，让这样一个柔弱温顺的生命，在还是风平浪静的日子里，能够独享属于她的美好时光，安静地住在她的紫菱洲里，一遍遍地穿着茉莉花，拥有片刻微小的幸福，与单纯的快乐。

如果大观园里的时光，能够停留在那时那刻，该有多好。或者某天读《红楼梦》，在那一刻轻轻掩卷，一抬头看见茉莉还在盛开，该是多好……

我喜欢茉莉，也喜欢茉莉花茶。晚来闲暇时分，泡杯茉莉花茶，看洁白的花瓣，在水中慢慢舒展，一任花蕊细细打开，一任花香幽幽弥漫在舌尖。且看夜初上，且吃一杯茶，且读两页闲书，且做一枕闲梦，这样的夜晚，便是清馨宜人、安静恰好的了。

我喜欢生活里，有这样一种恰好，是与花呼吸，与花缠绵；有一种幸福与懂得，是持花在手，识香于心。一如眼前的茉莉，一茬茬静静地开放，静静地凋谢，恰好的美丽芬芳。

在心中修篱种菊

晚秋，安静的午后。阳光暖暖地照着，窗外除了高楼林立，还剩一方不太宽阔的晴空。室内除了安静的音乐，还有难得的浮生半日闲。

泡杯茶，看茶叶浮浮沉沉，任时光静静流淌。空气里，有种淡绿色的清香，有种安静贴心的好。不经意间，我看见附近邻居的院子里和阳台上，菊花丛丛簇簇开着，丝丝清瘦的细蕊里，透着一种霜意。我的阳台上，有茉莉、绿萝、含羞草，有梅，有兰……却不曾有过菊花。这些年，我离菊花很遥远。记忆里的菊花，是开在老家房前屋后的，是秋后漫山遍野的金黄，是走到哪里，哪里就有一片的疏朗。或者，它应开得更远，直开到诗人的东篱下，开在悠然的南山上。

曾经，我的内心深处对未来的憧憬，就是能有一处“采菊东篱下，悠然见南山”的居所，有青梅竹马的恋人，从儿时两小无猜，到后来的两情相悦，一切都是春风十里，自然而然。就这样一生一世温柔相爱，就这样生儿育女，慢慢变老。只是憧憬如斯，流年如斯，多少尘事都已经发生或忘却，我和我的梦，也已经两两失散于人海。只是多少年过去，为何心里还有莫名的惆怅与哀伤，难道，人生真有“初心不忘”之说吗？

西风独自凉，落叶满庭阶。乌桕树红了，银杏叶黄了。一个月以来的这些天，我喜欢在午后上班前，或周末没事的时候，去林中看落叶。阳光暖暖地照着，一棵棵树迎风而立，有一种安静、淡然的美。树叶却随风凋落，头几天还是一片片，后来便是一阵阵，重重叠叠，铺满一地。我想我是爱上这些秋天的树了，我喜欢和它们在一起，这个时候我的内心总是无比温暖、安静。如果时间允许的话，我喜欢就那样静静地待在树下，靠在长木椅上，晒晒太阳，看头顶的蓝天。或者拾几片经霜的红叶，放在包里，悄悄带在身边，让它和我一起回家。

秋天是一个让人安静，也让人沉默的季节。有时候，感觉心中有许多话想说，却又无从说起。那些话语，厚厚地铺满心底，也如落叶一层又一层。我想我是爱上这一层层落叶了，爱叶之初生，爱叶之苍翠，更爱叶之秋黄。一片片叶子，簌簌而下，深藏着光阴的深意，深藏一个个独属于自己的故事，来于时光，又归于时光。

阳光暖暖地照着，适合读里尔克的《秋日》：“让枝头最后的果实饱满，再给两天南方的好天气，催它们成熟，把最后的甘甜压进浓酒。谁此时没有房子，就不必建造。谁此时孤独，就永远孤独。就醒来，读书，写长长的信。在林荫路上不停地徘徊，落叶纷飞。”

秋色无远近，出门尽寒山。我窗外的秋天，就这样渐渐落幕了。

一转身，恍惚即是冬天。立冬过后，小雪大雪。一年的桃红柳绿，终是要归于雨雪霏霏。冬是冬藏，是内敛，是抱朴守拙，一场雪纷纷扬扬，铺天盖地，日子被还原成一张白纸，有一种万籁俱寂的辽阔干净。当轻盈的雪花飘落下来，那情境，总是格外美好。我很珍惜这样的雪花，有一如既往的洁白。正所谓：冷处偏佳，别有根芽，不是人间富贵花。

想必，冬天也是别有心思的。它用下雪的方式，提醒我这一年又悄悄过去了，什么都没有了，有的，只是这样一张白纸。冬天的本意，就是告诉我们，这一年里，不管你有过多少艰难困苦，多少浮华荣耀，得也好，失也好，都要在冬天这一场雪地里，通通放下。欢喜的，悲哀的，纠结的，沉重的，都一起放下。总结，归零，让心灵回到一种轻松和洁净的状态，还原成一张素白柔软的纸，留待来年，春暖花开。

我渐渐懂得，一切的单纯与美好，都源自内心的平静。林徽因有句话说得好：真正的平静，不是避开车马喧嚣，而是在心中修篱种菊。

是的。回到自己的平静，回到自己的南山，在心中修篱种菊。

一个人，需要有一座独属于自己的庭院吧。坐在自己的深深庭院前，看花开花谢，任云卷云舒，那应是人生极好的境界了。是一种丰富的安静，是万水千山都坦然在心中，也都能轻轻放下的淡定。

只在风起的时候，写信，抑或雪落的季节，写诗。信，寄或不寄，已不再重要，心里有一种懂得就好。至于那或长或短的诗，则留给自己吧，足可温暖整个冬天，足可邀雪，踏雪与寻梅。

落叶记

这是入冬以来，又一个晴朗的日子。薄薄的阳光照在身上，有种随遇而安的暖。徽州路上的银杏，在走过寒露、霜降、立冬、小雪这些节气后，呈现出一种让人惊叹的美。

一树树银杏，一夜之间全都换上了明黄之裳。那灿烂柔软的色彩，连连叠叠铺天盖地，直如黄河之水，滔滔不绝于人的视野。如动人心魄的交响曲一般，漫漶、回旋在耳际。冷风骤起，一片片落叶，刹时纷纷扬扬，一地都是纯粹的金黄，宛如油画一般——真是落叶满城啊！那些在公交站牌下等车的路人，身影婆娑，落叶簌簌，一眼望去，如同站在中世纪的欧洲画廊里。一年里，在一株高大的银杏身上，我们能够看见浅绿、碧绿、苍绿、浅黄、赭黄、金黄……等诸多色彩的变幻。或温暖明媚，或浓郁端庄，这是光阴的叙事长诗，每到初冬，更是银杏永恒的黄金时代。

而法梧、意杨的落叶就迟缓得多，今天落几片，明天落几片，若天气不冷，没有风雪寒流，怕是要慢悠悠地一直落到深冬。石榴、晚樱则不同了，昨天还是数树深红浅黄，一夜过后，便是落叶满地，等清晨再看枝头，已是山明水净，一派萧索和寂静。

春日看花，秋天赏叶。一年里，春花最为繁盛，秋叶最是斑斓，这是大自然赐予我们的视觉盛宴，最能滋养精神。人和植物一样，离不开阳光雨露，需要接地气。一个人，需要凭借植物的芬芳静气，来感应四季，抚慰内心。比如在我有限的生活里，如果不是这一树树银杏、晚樱、石榴，我如何能知，落叶也是一场流年盛事。很多事犹如天气，慢慢热，或渐渐冷，等惊觉，已过一季。更有一些美虽年年如是，却由于个人认知的局限，终究显得片面浅薄。

在这里，我想说说乌桕。

每年霜降过后，是乌桕最美的时节。每天经过园子，会遇见几棵乌桕，它们一到秋天所焕发出来的那种美感，没人绕得过去。那一树的姹紫嫣红，一旦遇见，注定要痴痴爱上的。那经霜的红叶，诗画一样明媚动人，真是红于二月花啊，去年秋天，我单是对着这一树红叶兀自抒情，心无旁顾。但今年秋后，突然发现乌桕之美，不仅仅如此，它还有更诗意的一面，在接下来的日子里，等待我的发现。这时候，秋一寸寸渐深，满树红叶日渐萧疏，人的心绪也随着红消翠减，渐至暗淡。就在前些天，当我的目光再次留连于树梢，突然看见空落落的枝头，炸裂出千万簇洁白的籽粒，那银光闪闪的白，点缀于风霜凛凛的瘦枝上，如同落过一场雪。细看，仿佛朵朵白梅一夜初开，贴在蓝幽幽的天幕下，风雅如明清小品，有着简静至极的美。

我静静立在树下，仰头看了许久。感觉这场景也似曾相识。想起小时候，老家门前池塘边，有棵老乌桕树。树身斜倚水上，树下一排排石埠，我的奶奶，还有左邻右舍的婶娘，每天都在此洗晒日常，从春到秋，日复一日。乌桕叶也是一年年绿了又红，红了又落，有的落在塘埂上，有的飘在水面。那时候的我，尚不懂秋去冬来，光阴流转之快，只记得一到冬天，当我出门上学或黄昏归来，远远就能望见那一树如花白籽，高擎在池塘一角，尽管寒风瑟瑟，却是经冬不凋——这一幕，郁达夫在《江南的冬景》曾写过："江南的地质丰腴而润泽，所以含得住热气，养得住植物；因而长江一带，芦花可以到冬至而不败……像钱塘江两岸的乌桕树，则红叶落后，还有雪白的桕子着在枝头，一点一丛，用照相机照出来，可以乱梅花之真。"

人在江南，适合读《西洲曲》，里面有"忆梅下西洲，折梅寄江北"，有"采莲南塘秋，莲花过人头"，更有这句"日暮伯劳飞，风吹乌桕树"，全是白描写实的句子，直白朴素，秋水一般澄明。特别读到"日暮伯劳飞，风吹乌桕树"之际，一种岁月忽晚，天地苍茫的感觉，向心而生——读诗，也许就是读一份亘古情怀。人之情怀，古今也大抵相似，欢喜是明净的，忧愁是明净的，记忆也是明净的。在我眼里，明净的事物都是美的。草木便是有着这样的明净之心，春天开花，秋天落叶，一如我遇见的银杏、晚樱，一如勾起我童年记忆的乌桕树，都是以一种自然的姿态，明净地生长，明净地凋零。

袁枚《随园诗话》有言：眼前欲说之语，往往被人先说。余冬月山行，见桕子离离，误认梅蕊；将欲赋诗，偶读江岷山太守诗云："偶看桕子梢头白，疑是江梅小着花。"杭堇浦诗云："千林乌桕都离壳，便作梅花一路看。"是此景被人说矣。

确实如此。眼前之景，往往早被前人说过。也就是说，我们眼里的万物，多是前人先知先觉过的美。人之一生何其匆匆，而美与风雅，却是无限永恒的存在，不过，我们在探寻或偶遇的过程中，只要做到与万物相知相惜，便是与万物同在，与万物知音，与万物同走一段美好的旅程了。若此时能够去往山中，看落木萧萧，或徘徊江边，看水天一色，想必会遇到更多景致，感知到更多的自然之美吧？

只是我还没来得及启程，今年秋天，便已悄悄过去。这几天，当我看到红叶尽落、白籽如银的乌桕，一时间，竟痴痴念起"偶看桕子梢头白，疑是江梅小着花"的句子。只觉得念在嘴里，那种感觉，倒也像有几千斤重的一个橄榄，一如《红楼梦》里学诗的香菱。

长在冬天的树

我喜欢看冬天的树，尤其是那些叶子早早落尽的树，一棵棵素面朝天地站在天地间，是一道朴素从容的风景。冬天的树，是宁静安详的，那些裸露的枝干，不分你我，疏密有致地交错着，清简中透着苍劲，在霏霏雨雪的浸泡下，近乎一种墨色，有说不尽的美。

比如省委党校里的那些石榴、梧桐、栾树，都是那么清疏、坦然。以前不认识栾树，直到有回翻书看到栾树的照片，一下子被其好看的果实所吸引，原来栾树竟是这样特别。如今我每天上班途中，总遇见一棵高大的栾树，它生长在一幢小楼之侧，靠近人行道，我一天天打树下走过，总不由自主抬头望它。秋天里，满树金黄的叶子蝴蝶似的飞走了，单剩下一树橘红果实，一大串一大串簇拥着，远远看去，犹如花朵一般盛开在枝头，近看则仿佛一个个鲜艳的小灯笼，真是别具一格。一直到眼下的冬天，那些红灯笼在冷风中渐渐变成了金灯笼，随风轻摇，哗哗作响。灰褐色树干上，还生长着一些斑驳的青苔，如同水墨泼在宣纸上，透着清逸之气——如果你在风中遇见一棵果实累累的栾树，你一定会像我一样，为它独有的美丽默默驻足，久久流连。有时候走在树下，仿佛自己也是一棵长在冬天的栾树了。或者，是这棵树上落下的最后一片叶子……

不远的草地上，还有一棵乌桕树。这棵乌桕在秋天更是特别美，尤其在十一月中旬，极其绚烂多姿。在一场秋霜过后的清晨里，当我路过它，忽然就惊呆了——只见高高的枝头上，擎着一树青里透红的叶子，一下子摄住了人的目光。接下来，叶子一天天红透了，呈现出油画般动人的色彩。这种红，是一旦经霜，便愈醇愈艳的红，是经过很长时间的生长、酝酿、变化，是从内心焕发出来的。不单是红，红里还夹杂着诸如赤橙、黄绿等多种颜色，那样的浓酽，简直有一种“痴”的味道在里头了。宛如戏台上的旦角，一身正妆，姹紫嫣红，那水袖轻扬、一颦一笑里都是风情，眼角眉稍所流露的，都是悲欣交集的人生，一种历劫重生后的妩媚。有人把乌桕比作秋天的红颜，真是再恰当不过的。每每经过它，仰望它，总让我想起皖南的秋天，想起宏村，想起塔川、南屏，想起那漫山遍野的红叶，丛林尽染，心头涌起诗一样斑斓的情愫。这棵树的存在，这种美到极致的颜色，于我是一种打动，一种吸引，它似乎可以让我的内心，与皖南的事物虽隔山隔水，却遥相呼应。我经常对外省的朋友说，最美的秋天，是在我们皖南，在我们徽州，你一定要过来看看，看看这些画里的乡村，以及这些秋天的树。

树，在山水画里也称作林木。一幅好的山水画，可以没有山川溪流、亭台楼阁、人物鸟兽，但不能没有树。如果只画树，也会是一幅完好的作品。我不懂画，可我喜欢看长在画里的树。一棵树，就是一首清新或古朴的诗。特别是冬天的树，画出来最是耐看。干净、磊落，无花无叶尽是风骨。经过春之苏醒，夏之繁华，秋之恬淡，冬天的树在阅尽时光后，进入一种独有的沉静内敛，让人有归隐之心。归去，也无风雨也无晴；归去，看山还是山，看水还是水；归去，可与风霜雨雪为朋，与天地山石为友，与琴与鹤谈心。

这生生不息的树，也不知耗去了古今中外多少画家的纸墨颜料。有的画家，将一生心血光阴都浸淫于书画里，到后来也老成了一棵树，一棵青苍静默的树，一棵大雅无华的树，一棵自骨子里散发墨香的树。当你看到齐白石、黄宾虹、张大千老年时的相片，你一定会发现时光的内质，时光的张力，是何其出神入化，何其老道纯青。你一定会感叹时光对他们真是照拂有加，他们更不曾辜负时光的眷顾，在时光里画心、谋心，他们的内心，暗合了时光对于人类本身的初衷及意蕴，时光，在他们身上呈现出万千的丘壑烟霞。

在时间的旷野里，我们也是一棵行走的树。我们像树一样在岁月里默默生长，走过岁月的云遮雾罩，岁月也源源不断长进我们的身体，成为身体里的血脉经络，一辈子的气韵精魂。经过时光的纠缠与淬炼，我们能否像树一样平静安稳，清醒自持，有树一样的气场心性呢？生长，是一种可念可感的物质，一种令人幽思重重的物质，让我们在修行的路上，慢慢可以看得见古人，也照见了自己。

其实，这个时候最好去野外，去乡间。倘若再遇一场雪，放眼山河皆白，当我们迎着苍莽的野风，踩着一地的素净，走过雪地，池塘，村口，与一棵棵老树乍然相逢，我们会不会心生热泪？

辑二

静水流深，与梦想相濡以沫

做个欢喜的人，像植物一样安静生长，四时明媚，静水流深。

与梦想相濡以沫，让所有的悲欣交集，都成为随时间而来的禅。

寂寞的人坐着看花

春天的夜晚，喜欢看些旧诗集。有时候感觉，最让人中意的，不过是些极短的句子。

譬如这句：寂寞的人坐着看花。这姿态，多么从容安静。浮世里，还有这么淡泊优雅的人，仍旧还坐着，在那里看花么？这样的寂寞，还算是寂寞么？那他眼里的花，只仅仅是花吗？

也许，真的仅仅是花了。

写这句子的男子，已经很老很老了。但却老得细腻，温和，是那种很儒雅、很迷人的老。像幢古色古香的大宅子，满身书卷气，满是唐诗宋词，让人不经意地就喜欢上了。不管是远远望过去，还是走进去，细细抚摸揣摩这种古典，都有别样的心情。

是的，他是郑愁予。总是给人一种山般清隽、雾般迷蒙、水般幽深的感觉。念起这个名字，心中便有淡淡的乡愁。“江晚正愁予，山深闻鹧鸪”，黄昏时分，是一天里最宁静的时刻，每一个黄昏，都会滋生一份乡愁。

一直相信人有着前世。我想，他的前世会是李商隐，淳真、澹远、风流蕴藉，但又是神秘、沉郁、内敛的。满腹的才情，刻骨的细腻，是他生命里与生俱来的内核，和性灵的格调。

这样的男子，必定有个至情至性的女子，与他一起同船过渡，与他相知相爱，相思百年。与其说爱他的落拓不羁，不如说懂他的真性情。这样的懂得，是一生一世的美好温柔。

喜欢他的《错误》《水巷》《梵音》《赋别》《火炼》《当西风走过》。感觉他的诗里头，有一种极美的天籁，像美玉的色泽，从内往外，渗透出一种浑然天成的灵韵。到后来，读他的诗，只是件很自然的事情。特别是春天的时候，似乎成了一种习惯，一种需要。这是我的热爱，一意孤行。春天的夜已经不冷，只一些微微的凉，宛若一些越读越旧的句子，品味时仿佛可以缓缓听到老的曲子，微微的凉，细细的暖。

在还很年轻的时候，本不喜欢旧的、老的事物。如今在月光下收拾前尘，才发觉，这些已经渐渐地融入了我沉静的内心。

生命里那些旧的东西，隔着光阴重重的墙，还是老样子，还是在老地方——在江南的小镇，在小小的寂寞的城，有青石的街道，有三月的春帷，有紧掩的窗扉，有莲花的开落。也终于懂得了，人和花的生命都是短暂的，寂寥与等待，对于人生，却也是好的。因为这个时候，生命大多是坐着的姿态。

寂寞的人坐着看花。寂寞本身，不就是骨子里的花朵吗？

原来姹紫嫣红开遍

我总是想起一些旧的东西。整个四月，不管是晴是阴，或忙或闲，也不管是起风还是下雨，这些旧物质，总是蛇一样盘踞在我的心头。比如旧衣服、旧书籍、旧唱片。这些旧物质里，深藏着一大片旧光阴，让我心生旧旧的温暖。

这是生命无法割舍的一部分了。我总是想起，无法忘记。默默坐在四月之末，有怀念似蛇一样，从骨头缝里苏醒过来，游移着滑动，冷不丁噬咬一口，心蓦地开始作痛。我想我是真的老了，在很多年以前就老了。当这条怀旧的小蛇，一次次从不可知的暗处游来，穿心而过的时候，我就不可救药地老了。

老在了一堆往事里，老在了无药可医的怀念里，老在了一些世俗的天真与暖意里。与一些最爱的旧物质，一起慢慢老去了。有首老歌里不是有这么一句吗：“今朝的容颜老于昨晚。”是的，老就是这么与生俱来，这么如影随形，这么马不停蹄，这么不由自主。

就是这么一下子将人击中，心生忧伤。

杜拉斯说她十八岁那年就变老了。如果不写字，她就是一个普通的女人，也会结婚生子，也许会如泼妇一样的叉着腰骂街；如果不写字，就不会有那么多的颤动、忧伤、绝望、喜悦，不会看到另一个自己有多饱满，有多空灵，有多暴力。她就是一个普通的女人，她与一个中国男子相爱、相离、相思一辈子。后来有一天，这个中国男子说："我觉得现在你比年轻的时候更美，那时你是年轻女人，与你那时的面貌相比，我更爱你现在备受摧残的面容。"若爱情于俗世男女来说，真的是一种跨越可能、抵达无限的物质，那么老去岂不就是爱情本身？而所有的老去，岂不就是今生今世的造化，一种慈悲的成全？

我不知道。这个问题，只是我一时片面的断想，我也无法回答。尽管，我正在老去。

我每天穿着深灰色调的纯棉衣服，旧旧的灰，厚厚的暖。有那么几件灰色衣服，因为经常穿，洗过很多次了，软软的泛着些白，是一种居家日子的舒适与静谧。忘记从什么时候开始，便很喜欢深灰颜色了，如同向晚的天空，内敛含蓄，朦胧低调，可就是有一种切入心境的气场。也许年龄愈大些，就愈懂得灰色的好。灰色，它介于黑白之间，是很有弹性的颜色，它是包容大度，是一笑了之，是退一步的海阔天空。有人说，灰色是你不理解一件事，但是它不一定没有道理；灰色是不再年轻气盛、放纵恣肆地说话。灰色，是越来越深地埋藏了个性，埋藏了表情。或者，干脆没有了脸庞或表情，让你的脸长在了心里。

昨天阳光真暖，午后我坐在阳光下，读两页《浮生六记》。书里夹有书签，读到哪里随手搁下时，书签便夹到哪里。书签上有行文字："浮生若梦，为欢几何？"俗世之中，依窗点灯，随着沈复清澈的书香笔迹，去发现点点滴滴的平常幸福，于热闹场中忽开冷眼，于坎坷愁境中豁然开朗，也是一种禅意吧。

《浮生六记》是本追怀往事的书。和《红楼梦》一样，也是一本残书。很多年前，是清人杨引传在冷摊上最先发现的。遗憾的是，六记仅剩四记，后二卷已经亡佚，不知所踪。实在没想到，我最喜欢的两本古典书籍，都是残缺不全的。不过有这两本残书，放在枕边案头，闲来翻翻，平常的日子，也就过得安静欢喜。希望日子可以就此停下来，停在这样的安静欢喜里。

没事时，我还是习惯听一点昆曲，听那些唱腔里梦回莺转的春天。听一曲《皂罗袍》，或者《懒画眉》："最撩人春色是今年，少甚么低就高来粉画垣，原来春心无处不飞悬。是睡荼蘼抓住裙钗线，恰便是花似人心向好处牵。"

原来姹紫嫣红开遍，似这般都付与断井颓垣。一年年，我就这么寂静喜悦地听着、听着，四月愈来愈旧了，成了生命里旧旧的温暖，成了如花美眷，似水流年的记忆。浮生若梦，浮生易老，最是什么两相宜，自己懂得就好。

五月静谧之美

越来越感觉，五月有种静谧之美。天气是晴朗温润的，没有多少阴雨来缠绵。天空，也有久违的宽阔温柔，呈现出深沉如海的蓝——它悄然地渗进我心里，日复一日汇聚，心渐渐地低下去，低下去，终被淹没。

遇着这样的午后，人注定是要沉浸于这片静谧之中了。窗外，阳光散散漫漫，像雾，像雨，氤氲在天地之间。有一些阳光，竟落在我窗前参差的花花草草上。它们静静地呼吸着阳光的芳香，静静舒展着，也终被阳光淹没了。

我身边安安静静在开的，都是一些寻常花朵。比如槐花、香樟，比如芍药、鸢尾。一楼的老人，她种有一簇簇月季、一架架蔷薇、一蓬蓬金银花，还有正在打着苞的栀子花，那密密实实的花苞，不经过几场风雨的敲打，怕是舍不得开的。老人的花，是直接种在土地里的，天天被阳光雨露滋润着，长得极其葱郁，是名门闺秀。不像我花盆里的花，困在有限的泥土里，无法自由地吸收天地灵气，难免显得寒碜瘦弱，成了营养不良的苦丫头。不过这些天，竟慢慢地开了些花，不禁让人心生怜意，也让人心生感动。

也许这些五月的花，生就一些朴实从容的性情，缓缓开着，仿佛一个人在回忆着什么，心头蕴藉着流年往昔，眉目平和安静。还是像往常一样，静静地生活着，忙一些该忙的事，一周一周，周而复始。周末忙完了，一杯茶，一本书，一个人。茶可以喝，也可以不喝；书可以看，也可以不看。这些，仿佛成了无处不在的阳光和空气，可以让人如一株植物般自由呼吸，静静舒展，内心宁静而富足。感觉每个日子都是好的，都是用来过的，也都有了沉甸甸的分量。在阳光里，在花香里，让回忆顺其自然，到了哪里，便是哪里。任凭那些旧时风景，一幕幕流过脑海，宛如翻开心底一帧帧珍藏的记忆。任凭生命里的一些心动和喜欢，就这样静静地来，静静地去。来也好，去也罢，我还是在这里，安静若树。我知道，那个本真的我，一直在我独处的静谧里。就像我喜欢的花朵，一直在我身边安安静静地开着。

小时候，在我家房前屋后疏落落开着的，也都是这些寻常花朵。它充塞在记忆深处，经年未改。犹记得，在金银花满山满坞之时，空气里总沁着一种如水的清香。金银花的姿态，真是纤柔无比的。花蕾的颜色，最初是深绿，接着绿里微微透些白，也生得修长些了。终于有天清晨，细嫩的花蕊，一不小心撑开了薄薄的花衣，在柔软的晨风里，和着露水悄悄开啦！那天真无邪的小模样，起先是银白银白的，三两天过后，就变成麦黄色的了。天气也渐热起来，阳光明晃晃的，不知不觉已是初夏时光。

当年，我的奶奶，是位七十多岁的老人。她很喜欢金银花。那些年，我经常从田野里，或者后园篱笆上，摘回一大束金银花，满满地插在大小不一的花瓶里，让每一个房间夜里都有花香沁润。次日清晨，奶奶坐在梳妆台前梳发髻，她会掐两朵开得正好的金银花，簪在髻间。记忆里，奶奶虽然容颜很老，可也慈祥好看，有一种老年的朴素端庄。而我呢，上学时喜欢将花朵别在衣襟上，让芳香一路相随；或者夹在书本里，多日后偶然翻开，细长的花朵全都干瘪，成为花的标本了。

也大约是后来那几年，我发觉自己心里有了一种懵懂的情愫……我似乎喜欢上了一个男孩。他朝我笑起来时，眼睛亮亮的，一时间，感觉好像在哪里见过。我常常为这种喜欢暗自欢喜，也暗自慌张。那是人生之初的相遇，不着一丝尘埃。如今想来，那应是最美、最纯洁的相遇了。它像一个梦，曾经贯穿我整个的年少时光。每一次，在时光幽静的入口，在恍惚的宁静之中，我总是遇见那张年轻的脸庞——我知道，我和他永远不会再见了。因为，我是个有私心的人。我希望直到有一天，当我也像奶奶一样老时，有一个人还是旧时模样，站在时光无涯的荒野里，对我微笑，一如当年。

有人说，寂寞的孩子，常有一些美丽的想象。在过去很多的时光里，我感觉自己就是那个寂寞的孩子，在想象里安静地成长，同时，在这个尘世拥有了安静的生活。在这个五月的午后，当我凭借一些花之清香，试图走向这条宁静之路时，我发现那些过去的时光，都已成了生命里最静谧的花朵，一簇簇地开在那时的天空下，这种独有的静谧之美，足以将我深深淹没。

黄梅时节家家雨

梅雨季节，天一直阴沉着，像深锁的眉头，没人解得开。雨，时断时续有过，独自淋漓有过，连天扯地有过，偶尔也出些太阳，不过若有若无的，天与地，隔得这般近。灰扑扑的云，宛若有一怀愁绪，无处排遣，且懒与人诉说，于是只堆在头顶上，挺愁人的。

“黄梅时节家家雨，青草池塘处处蛙。”这种诗意之美，也许只栖居在字里行间，像幅旧画，隔着雨帘，隔着乡野，隔着千年的时光。有约不来，闲敲棋子，这种隔空离世的宁静与深寂，如今这个车水马龙的城市，是再也没有了。

古人是雅的，以至于不经意的清寥、落寞，也不失为一种别样之美。此境天成，牵强不得，它是一曲久已不听的旧戏，重温，已是几年离索，泪湿衣襟。滚滚红尘，到头来总归是数不尽的山长水阔，总归是渐行渐远的光阴，无法丈量拾掇。

但过了芒种，夏至前后，总还有这样的黄梅天。记忆里，这样的日子一年压着一年。如古旧的线装书，经不住虫蠹，生了霉，一页页分不清。一种潮湿粘稠的气息经久弥漫，挥之不去，到头来终究成了心病，是要阴阴缠缠，无言到老的。

这块心病，我却是从小就得了。

记得很早的时候，家里还是土墙土地。捱至梅天，雨下得久了，回潮得尤其厉害，人走进走出，家里便很是滑，一夜之间，木桌便有了霉迹。爱干净的奶奶，总是把陈旧的家具一遍遍抹得一尘不染。记得老人有件心爱之物，就是伴随她一生的梳妆台，徽州雕花的样式，描着金边，镶嵌有椭圆的镜子，两边是带抽屉的妆奁。镂工极为精致、考究，古色古香。几十年间，奶奶就在那里梳妆，盘她的发髻，日复一日，年复一年，从青丝盘到白头。奶奶一遍遍把梳妆台抹得干干净净，从我记事时起，那朱红漆面，总是散发着枣红色的光泽。奶奶还叫我一遍遍扫地，清早扫，午后扫，傍晚扫。她三番五次絮叨："条把头梢三把火。"清贫年月，条把（扫帚）显得如此重要，成为日常生活里一种看得见的救赎。被老人，甚至是我这样的孩子，都如此紧紧握在手心，记在心里，成为柴米油盐的一部分。

那时，年幼的我尚不懂人世之艰难，但也初识得生活的不易。譬如雨下得滂沱了，屋里会漏雨。我拿脸盆接着，滴滴嗒嗒的，把书都溅湿了。

有时候还停电，点着煤油灯。灯的底座玲珑剔透，有细密的花纹，弧形玻璃罩，下粗上细，通透清洁，极具美感，我小时候常将手伸进去玩。奶奶呢，隔几日便早早把灯罩擦得干净雪亮，端放桌上。夜里骤然停电，奶奶划一根火柴，轻启灯罩，“嘭”的一声，火苗在里面像花一样开放。温暖的光芒闪烁着照满了屋子。棉质的灯芯睡在油里，散发着灯油燃烧的香气。点得久了，灯花开了一朵又一朵，那红红的蕊，偶尔轻爆一声绽开，愈发的红，好看。

如今想来，那样的夜，真是很静很美的——屋檐下、雨声里，奶奶的身影映在墙上，与我们姐妹的身影重叠在一起。当时，母亲经常要去学校值班，奶奶就一直陪着我们。在我们写字的时候，她转身悄悄把被子放平铺好，等我们写完作业，招呼我们睡下，掖好被褥，方才掩门悄悄睡去。

在下雨的夜里，我却是睡不着。可能是淅沥夜雨打在屋瓦上，或轻若针尖，或重若砂石，很好听的缘故吧。我常常那样，听着半夜里那天籁般的雨声，而后朦胧入梦。第二天醒来，地上、桌上，却是接了满满几盆汪洋的雨水，就要溢出来。

于是，我在心里暗暗发了誓，长大好好赚钱，盖了楼房，让奶奶住最干净明亮的那间屋子。过些年，房子是盖起来了，奶奶住进来，享了几年清福。但有天午后，奶奶不知怎么就跌倒了，骨折卧床半年之久，渐渐能下地走时，再次摔倒，终因年高体迈，再也没有好转。

我常常在这样的梅雨天，想起小时候，想起奶奶让我们勤扫地的事情，想起老人带我走过的那些岁月，一天天看着我慢慢长大，出嫁成家，自己却渐渐老去。有时候，感觉老人仿佛还活在我身边。也时常会梦见老人，时而健康，时而久病在床。而她窗前那个雕花的梳妆台，仍旧那么古典端庄，宛若深藏着的尘世或光阴，常在梦里遇见。

小摊素描

一年四季，小区门口都是非常热闹的。小吃摊、水果摊、瓜摊、书摊、地摊……林林总总地排列在道路两旁，蔚为壮观。令本来宽阔的路面变得狭窄起来，大小车辆出入时不得不小心翼翼。油煎炸煮的气味、汽车排放的尾气以及各种水果的香味，一齐混合着飘荡在空气里。无论早晚，这里总是人流穿梭，熙熙攘攘，好一派市井景象。

民以食为天，这话是真理。因而小吃摊生意向来是最好的，馄饨水饺、凉皮米线、脆骨炸串、麻花油条、豆脑煎包等，全是一些传统小吃，经济实惠，极大地方便了上班一族。随便找个地方坐下，匆匆吃饱肚子，各自忙生计去。以前我喜欢在这喝份豆脑，轻而易举地搞定早餐问题。

最近每天傍晚，龙虾卖得甚是红火。卖龙虾的看上去像对小情侣，女孩称虾，男孩随即将虾装盘。两人都生得眉清目秀、白净斯文。我很愿意买他们的龙虾，打包带回家在晚餐时和家人细嚼慢咽，把生活过出细水长流的味道。不过在合肥吃龙虾，大多还是去东边宁国路。夏天龙虾一条街，华灯璀璨，食客如云，龙虾是成盆成盆地倒进餐桌，大杯大杯扎啤端起来，那场面着实火爆。在此等气氛下，再儒雅的人都不由得豪爽起来，个个吃得面红耳酣，大叫痛快。有次在朝天门吃龙虾，同桌有个胖哥们，那剥龙虾的技术绝对一流：两手双管齐下，一边挥汗如雨，一边举杯畅饮，笑态可掬，吃态亦然。

再说这书摊，相比之下生意就差远了。摊主是个四十开外的男性，人黑，偏瘦，不爱笑。常常翘着二郎腿，坐在一把折叠椅上，默默打量过往行人，或低头玩弄手机，倒也悠闲自在。摆的是一些流俗杂志，没有多少阅读价值，极可能都是论斤称来的。即使有一些古今中外，也大多都是盗版，品相不好。况且十米之内就是超市、网吧和体彩中心，闲暇的人都去那里消遣了，没有几个人愿意在这书摊前逗留时光。而这书摊主人，也是三天打鱼，两天晒网，只在天气舒适的午后来此练练摊。与其说他是卖书，不如说是来晒回太阳，晒晒这一车子老是卖不出的书。

到了五月，瓜农纷纷开着手扶拖拉机，一路长驱，风风火火进城来啦。他们将车停在树荫下的卖瓜点，在车头处搭起帐篷，以供晚间歇息。这些瓜点是市容部门定点设置的，大家各就其位，互相照应。对瓜农来说，越是烈日炎炎，他们越是喜上眉梢。就怕遭逢阴雨，天凉瓜自贱，面对一车湿漉漉快要烂掉的、却还堆积如山的西瓜，个个心急如焚。没有办法，只能降价销售，苦苦等待多时，也无人问津。有时候一待几天，甚至个把星期之久，实在辛苦，眼看大半年的收成，就在这雨声里化作了无奈和叹息。记得每年，当第一辆拖拉机自远而近驶入街巷，在门口轰隆隆作响，准是瓜农如期而至。紧跟着盛夏在即，骄阳在头顶上方，如火如荼。而最后那辆拖拉机离开小区时，秋雨俨然已绵绵多日。

一旦市容城管来巡查，各路摊主就全没有心思做生意了。除了瓜农可以有闲情逸致外，其他一家家慌忙收摊，潮水般纷纷撤退。一个月里，如此情景总要上演几回。前些年城管十分凶悍，个个孔武有力，有次和摊主发生争执，竟然掀掉水果摊，倾覆的水果滚落一地，将水果篮、电子秤全扔进车厢，欲扬长而去。摊主情急之下，拉住城管衣服扭打起来。众人不由上前劝解，才将事情平息。

其实这个卖水果的年轻人头脑活络，人又勤快，生意做得越来越好。每天凌晨便骑着电瓶车去周谷堆，批回当天要售的水果。苹果、鸭梨、香蕉、菠萝等，是四季常有的老脸谱，而一些时令水果，总是日常最当红的主角。这段时间，走俏的是红樱桃、鲜荔枝、黄枇杷、酥油桃之类，过段时间就是葡萄、香瓜、提子、蜜柚的天下了。从春到秋，有多少花朵谢过，就有多少果子成熟。对水果而言，四季的轮回，也许就是一个春华秋实的过程。

一年四季，我是这水果摊的老顾客，每每挑选时，通过不同水果的上市罢市，感应着时光的橘绿橙黄，心头别有一番滋味。逢节假日，我也多是从他这里满满提上一袋回家。家人喜欢吃芒果，所以我特别爱买芒果。我不太喜欢超市那些精装食品，那些东西大多金玉其外，败絮其中，不比这些水果新鲜实惠，买得踏实，吃得舒心。一番话，说得他乐不可支，连连称是。他知道我从不还他的价钱，称过袋便嘱咐妻子，再添两只芒果进来，弄得我挺不好意思。

有天闲聊，得知他已经在附近买房置业，当年才出生的孩子，现在已经快上小学了。有时候看见这个孩子使尽浑身解数，撅着小屁股，一路上跳着笑着，帮大人推水果箱，摆放水果，真是惹人怜爱。记忆里，有位长辈常说："穷人的孩子早当家。"生在平民百姓家，从小知道柴米油盐的金贵，懂得生活的辛酸艰难，同时，也必会生进取之心，不怨天尤人，只脚踏实地，认真地生活努力地成长。就像一棵果树，别看它开着瘦弱贫瘠的花，却结出了郁郁累累的果实。

活在这珍贵的人间

依然还是夏天。不依不饶的高温，也不知哪天会有个尽头。尽管溽热难当，可日子过得倒也平静。也许普通人的生活，大抵都是这副模样：周而复始的春夏秋冬，一成不变的柴米油盐。在这个世上，每个人都要为“生活”二字打拼，为自己，为家人，为了内心的坚持。尽管疼过累过，有过一些不如意的小插曲让人黯然。不过，只要往漫长的光阴中一搁，其实就显得微不足道了。

窗外是明晃晃的阳光，分外强烈，厚实的窗帘也无法挡住。蝉声忽明忽暗，时断时续，想是被阳光融化得差不多了。我喜欢“蝉声如雨”这个词，有种铺天盖地的密集，也有种恍如隔世的遥远。又或者“蝉噪林逾静，鸟鸣山更幽”，这样的体验，这样的天籁，只属于绿树浓荫的乡野，与城市基本无缘吧。

盛夏的日子，有时候会想起海子的一首诗：“活在这珍贵的人间，太阳强烈，水波温柔，一层层白云覆盖着。我，踩在青草上，感到自己是彻底干净的黑土块。活在这珍贵的人间，泥土高溅，扑打面颊。活在这珍贵的人间，人类和植物一样幸福，爱情和雨水一样幸福。”

海子，天生就是为诗而来的。也只有他，曾经面朝大海，春暖花开。

难得一个安静的午后，四周除了三三两两的蝉声之外，便可以算得上静寂如野了。园内的紫薇还在盛开，花朵细碎而安静，每当下班回来，我的视线总是落在这一簇簇紫色花朵上。夏天的傍晚，总是蜗牛一般来得缓慢。这时候落日已经西斜在楼角，但迟迟不肯坠下，余热尚存。一路上，随处可见院落及墙角处，葡萄藤匍匐在高高搭起的架子上，撑起一片绿荫。一串串葡萄垂下来，渐渐熟透了。墙头还有长长的瓜蔓，无休无止地蔓延着，尽管不再似暮春时候那样的碧绿，但叶片硕大，开过花，缀了果，呈现出一种与收获有关的喜悦。在这里，有些住在顶楼的人家呢，真是很有办法。他们弄些泥土到楼顶上，竟整出一块地来，种瓜种豆，也侍弄些花草盆景，一个光秃秃的楼顶从此获得生机，同时做了隔热层，真是一举两得。在钢筋水泥的闹市之中，只要动点脑筋，动下手，也是可以为自己营造一方绿色的。虽然很袖珍，但也自得其乐。这样的人家，必定有个懂得生活的勤劳主人。

还有一些老人更是别出心裁，他们在阳台上早早支好竹篱笆，春天时往盆钵里栽下一些瓜秧。后来，那些瓜藤一天天顺着篱笆攀援而上，到了盛夏，整个阳台便是一片动人风景了。阳台上开过花，打过几个瓜扭：有黄瓜、丝瓜，还有或黄或青的不同品种的香瓜，间或还有几绺牵牛花与茑萝缠绕其间，早晚绽放出星星点点的姹紫与嫣红。就这么几缕，却是挺惹眼、挺别致的。风吹过，轻轻摆动着，撩起一帘幽静。从远处看这样绿意盎然、有农家味的阳台，真是别有一番生趣——我希望，明年自己也弄个这样的阳台出来。

晚上家人想吃绿豆粥。说来惭愧，很久没有为家人熬过粥了。进厨房打些米，搁一点绿豆，淘净，放在火上慢慢熬，熬出浓浓的香气来，熬好了放一边凉着，等会儿再吃。

清人李渔曾说："稻米煮饭的香气，真让人欢喜；木槿早上开花，晚上就凋谢了，生命如此短暂，也真够凄凉的了；相传一女子怀念心中人，泪水洒落一地，长出了断肠花秋海棠；一生钟爱的人，可以当药。"

其实在这样的黄昏，我只愿意取这句话的开头——活在这珍贵的人间，成天与稻米煮饭相濡以沫着，日复一日的生活，总是离不开这浓稠汤羹的沁润。是这种必不可少的香气，滋养延续着人的生命。至于后来的，其他的，可不可以掂轻就重，或者干脆忽略掉呢？就像夏天，会让人忽略冬夜寒冷，且期待着早早捱过时下的大暑，盼着立秋那一天。

我抬头，见盆中的茉莉，经过一段时间的休养生息，又开始酝酿起新一茬花苞。青里泛白的小花骨朵，小得可怜，但没几日就能开的。花自有花的性情，偏安一隅，静静地生长，兀自开放，独自芬芳，这也算一种美好与幸福吧。

人间是如此珍贵。有山川草木、小桥流水；有稻菽麦黍、阴晴冷暖；有花开花落、云卷云舒。我来到这个世上，是带着欢喜之心的，但求平平安安地度过，有滋有味地度过。尽可能安稳一点，朴素一点，毕竟，这也是对自己的一种交待。

蓝田日暖玉生烟

蓝田玉，是有蕴藉之美的。是一个素雅幽蓝的世界，是块古老安静，开着花的石头。它梦一样深藏于蓝田山中，而人们只见山中烟霭蒙蒙，却不知玉在何处，美玉如同沧海遗珠一样，无人赏识。

我没有去过蓝田，蓝田在千山万水之外。我是在唐诗里遇见蓝田玉的。也许，世间自有一种令人叹息的美，任你千年等待，任你几世寻觅，却只能在诗里与之萍水相逢，如同相逢前世今生，一个未醒的梦。也只有这样美丽的石头，这样的深静幽蓝，方可以丈量岁月的山长水远，凝聚人生的水墨烟云，方能慰藉内心深处，那一声如水的轻叹。

锦瑟无端，沧海月明，这一切都恍若隔世了。只是对玉，我总有一种与生俱来的喜欢。它含蓄温润，它恬静清幽，恰似我们生命里所缺乏的那些美好的内质。一块上等的好玉，猗猗如幽兰生深谷，纤纤如初月出天涯，那种细腻柔和的质地，晶莹剔透的灵气，还有清芳自足的品格，足可以滋养我们日渐贫瘠的心灵。一个人，若真的懂了玉，进入了玉的内心，就会看见一个桃源世界，清澈地掩映于光阴深处，仿佛前世到今生的风景，都是满眼碧绿的了。

玉是有情物，它从不辜负人。

玉更是有灵性的，与人厮磨得久了，会蕴含人的体温、气息，而人与玉相处得久了，也会浸润玉的品性，从而变得温润如玉。喜欢一块玉，并能最终得到它，说明它与你有缘。玉一生等待的是缘分，是知己。因而，宝黛尘世里初相见，相看俨然，石兄不由道：这个妹妹我曾见过的——虽未曾见过，然看着面善，心里倒像是旧相识，恍若远别重逢一般。

生为女子，喜欢玉是天性使然，不需要什么理由。就像喜欢一个人，并不是他有什么特别，有多好，只因为他是真心实意的人，是个可以相知相契，相惜流年的人，这就足够。我想，生为女子，总会遇见自己的那块玉。但凡一枚沁着灵气的玉佩或玉镯，定是女子的心头之好，是打前世托生而来的小姐妹，有一种贴心贴肺的暖。一旦遇见，便是一辈子不计朝暮的喜欢，一辈子莫失莫忘的珍爱，不离不弃的痴绝。一个人，若有幸遇着一块美玉，日日与之肌肤相亲，整个人因了玉的滋养，内心也定然通透平和，恬淡无思。

感觉行走于茫茫人世，做个寻常女子，是幸福美好的，可以简单而认真地生活，一如既往地温婉执着，相信爱，用心爱，从而内心坚定饱满，福慧双修，亦如一块恬静的玉石，冰心一片，优雅绵绵，静静地在尘世里，活出一种独属于自己的精神。这种精神，就是一种玉的精神。

我愿意是这样的寻常女子，有简单的幸福和满足，有着寻常生活的平淡和暖意。在人世间的角落，一心一意地开一朵素雅的花。任凭闲池阁，桃花落，任凭岁月长，衣裳薄，只认真优雅地开一回，便是无怨，无悔。

这个夏天，我一直在绣着工笔《蓝田玉》。一朵盛开的蓝田玉，与一个含苞待放的花骨朵相为呼应，是梦一样幽蓝的冷色调。这个夏天经常下雨，窗外的植物吸饱了雨水，长得相当茂盛，这两朵同枝共叶的花，也仿佛得了雨水的生机和润泽，在我的指间一天天生长，一点点盛开。而平常的日子，就这样平常地过着，倒也别有一番滋味。

时光采采如流水，是它的生长与盛开，赐予我一份空碧悠然的角落，一份可亲可念的远意。案前虽无一张琴，窗外亦无一溪云，曾几何时，这些古典的情境，都只能是纸上的墨渍，笔底的烟霞了。如今，单剩一颗寻常的心，会于纷繁的尘世间，或幽静的书卷里，乍然醒来，却无所居处。那么就安于当下，以一种描摹的姿态，于一针一线之间，且陶陶乐取天真吧。

是在一个清凉的夏夜绣好它的，夜很安静，月影迟迟，直绵延到蓝田玉上，散发着一点朴素和诗意的小光芒。灯光里，映着我一张欢喜的脸——这梦一样幽蓝的花，终究是我自己的锦瑟了。

问今年有多少秋意

立秋过后，秋雨一遍遍轻敲我窗，有一种久违的清凉，秋装已然穿在身上。每天晨起上班，或傍晚归来，总有清风拂面而过，丝丝缕缕之中，无不透着一种新生的秋意。

我喜欢这样如期而至的秋天。感觉秋天是一条静静流淌的河流，给人一种斜阳流水的远意，一种白露为霜的心境。比如某天黄昏，我低头在灯下绣睡莲，突然听到第一声虫鸣，声音那样清澈入耳，水一样低洄，梦一样幽深，仿如从前世幽幽传来。平时，它躲藏在一本厚厚的《诗经》里，与几千年光阴长相厮守着，可一到秋天，则喜欢跑到我的墙角窗下，在那里唧唧复唧唧，恍如山一程水一程的知己，久别重逢。有时走在林荫小道上，我也会与之倏而相遇，四周秋草葳蕤，它从来都是隐藏着，让人无法窥其真容，只在寂静一隅发出牵动人心的声音，那么远，又那么近，让人一下子意识到它的存在与来临。

张潮在《幽梦影》里说得好："凡声皆宜远听。春听鸟声，夏听蝉声。秋听虫声，冬听雪声。"《红楼梦》里的贾母，平时在大观园里听乐音演习，就喜欢命人铺排在藕香榭的水亭子上，说借着水音更好听。因为，乐声与水音相和，乐声夹杂着水音，乐声经过水音的过滤，更加清婉、悠扬。中秋赏月时她亦说起，笛声只须远远地吹起来，就够了，不过须拣那曲谱慢的来吹，有种袅袅悠悠的清韵才好。那应是一个美好的中秋之夜，月明、风清、人静，整个贾氏家族，在这位慈爱老人的带领下，赏月、闻笛、品茗，享受着一种中国式的传统幸福。这样美好的夜晚，每个人的内心，都有月光在流动，每个人的心思，都被月光清洗了一遍。

虫鸣醒耳，月明醒心，秋意如期而至，时光静静流淌。这些都是秋天里最美的事物了。

小时候，我特别贪恋入秋的第一个夜晚。那样的傍晚，定是有一场绵绵秋雨，为我的村庄送来沁人新凉。这时候，母亲早早收起床上的凉席，然后打开衣橱，拿出干净松软的被褥，为我们姐妹铺好床铺。睡了一个夏天的硬凉席，突然在入秋之夜，与这样柔软的棉质久别重逢，无论视觉还是触觉，都是一种无比惬意的享受。棉布所独有的清香，仿如春天的暖阳，让人不禁要深深呼吸一回，再呼吸一回。如今想来，这也算得一种母爱的味道，儿时的家的味道，是记忆里年复一年的温暖。每一年夏去秋来，总在这样的入秋之夜，一个未谙世事的小女孩，睡在母亲亲手布置的床上，连梦也是芳香温暖的了。我常常在临睡前，就着淡淡灯光自顾自地玩影子游戏，模仿杨丽萍的孔雀舞，让自己的手指在墙壁和白纱帐上变幻出各种动物的图案。也是在这样的夜里，无意间听见窗外有晚蛩轻唱，高一声，低一声，似在诉说一个遥远的故事——这时候，我的村庄是那么祥和安宁，几乎与天籁融为一体，仿佛回到天地之初。如今，隔着久远的时光往回看，这样的秋夜，这样的情景，早已成为我心深处一个最令人回味留恋、最温暖熨贴的细节。也许，在那样的年纪，秋天只是一种崭新的清凉，间或一份母爱的蕴藉。

所以，我从来不会拒绝一个秋天的来临。就像一个孩子，从来不会拒绝自己的长大。在很长的时间里，秋天于我，只是一个如期而至的季节，一个清凉摇曳的梦境。

今年最早有秋的感觉，是在某个秋雨飘拂的黄昏，还是凉风习习的清晨，我已经分不清了。我只知道一年的时光走到这里，已近中途，流水一样的日子，照样还是一波一波，带走春天的繁花万朵，带走夏日的满眼青翠，空留下一窗风雨声，还有一地落叶声。光阴的故事，总是这样一如既往，周而复始，而我们的人生，尽管平静安稳，却也只能是天地间偶然的飘蓬吧。人说“一叶知秋”，秋总让人感觉到生命的短暂，一叶从眼前飘过，立时就有“一叶随风落，秋意心中生”的感觉。慢慢地，落叶越来越多，夜晚越来越凉，露白了，风紧了，更深的秋，就这样随霜而降，随雾而来，一天天弥漫于心头。

今年最早有秋的感觉，是在某个蓦然回首的刹那，还是梦回当年的夜晚，我真的已经分不清了。因为一个朋友的乍然离去，去往另一个世界，从此不再回来——像一片风中的落叶，匆匆消失，从此不再回来，这是一件多么决绝的事情；人生无常，世事难料，这又是一件多么无奈的事情。一场猝然的车祸，让我体会到什么是物是人非，什么是沧海桑田，一些与青春、与往事有关的美好，都一起随风而落，恍如隔世。我感觉我的生命里有一个地方，突然被一种莫名的力量拉开了一道无形的缺口，内心深处，有一种无言的伤楚，一种失语的疼痛。其实，二十年的记忆，二十年深埋的岁月，本是平静无波的了。可这个消息来得实在突然，让人始料不及，直如一场秋风过境，突然吹动生命深处那一片辽阔的水。一切还是鲜活如初的。一切，也只会是鲜活如初的了。我知道，在我们的生命里，有些人是用来成长的，有些人是用来遗忘的，有些人是用来错过的，有些人是用来珍惜的。而有些人，只要他能够好好活着，安然无恙地活着，就很好了，就心满意足了。

“世事一场大梦，人生几度新凉。夜来风叶已鸣廊，看取眉头鬓上”。二十年后的这个秋天，当我重读苏东坡的《西江月》，读着这些浸透秋意的人生咏叹，不由悲从心生，眼眶突然潮湿起来。当秋风倏忽来去，当落叶在回廊下发出声响，我不想问今年有多少秋意，我只是感觉到，在流水一样的日子里，有一个秋天是如期而至的，而另一个秋天是不期而至的。在光阴的树下，我不想一再陷入回忆，尽管回忆是温暖的，我也不想去思量，因为一旦思量，便是落叶纷纷。

我的睡莲光阴

如果一束金黄的向日葵，会让你想起梵高，那么面对一片静谧的睡莲，你自然不会忘记莫奈。在莫奈的精神家园里，永远盛开着一池碧绿的睡莲，好比在庄生的梦幻国度里，永远有一只美丽的蝴蝶一样。

《睡莲》是莫奈晚年的作品。在这位印象派大师的笔下，一幅幅睡莲锦缎一般灿烂，犹如一个绽放在天际的梦境。开在这片水面上的睡莲，叶子是纯绿色的，而花朵却像暗红的火焰，水是安静的，也是流动的，云水相映之下，光影柔美，如梦似幻。再往稍远些的水面上看去，一片片睡莲簇拥在一起，安然地绵延开去，像是一座浮动于水上的花园，为我们打开无限美的可能，进入一个奇妙的世界；是午后，没有纷扰、无忧无虑地仰望苍穹时的神思澄澈；是黄昏，满披一身夕阳，所遇见的玫瑰色的、梦幻般的万卷云霞；是月光，是世间一切可能有的宁静的光芒……那些梦一样的光芒与色彩，不停地汇聚、融合、渗透、变幻，让人内心产生一种丰盈的情愫，一种淡淡的喜悦，一种无言的美好，让我们发现那种在时光里隐匿得更深的、更美妙的东西，一种存在于无限之中的东西，就蕴藏于这变化莫测的绿色水面上，以及这些倒影之上，正盛开着的清幽明亮的睡莲中。

这是一组永不褪色的画。它让我看见生命与心灵的静谧之美，看见一种幽深的底蕴，看见光阴的本质，它是画，是诗歌，也是音乐，是一个生长梦境的小镇，是雾一样升腾着的关乎灵魂、关乎行走及梦想的乡愁，水一样深深的乡愁。我曾经写过一篇《睡莲心情》，试着以一种浅拙的语言，表达内心的喜爱和痴迷，不计其他。后来，当我又渐渐爱上刺绣的时候，心中便萌生了一个想法，我是不是可以用自己所擅长的方式，绣一幅睡莲，一幅莫奈的睡莲？去年冬天的一个早晨，这个想法开始付诸行动。那时我打开鼓鼓的邮件，翻阅着睡莲的工艺图，内心平静欢喜，仿佛空气里也飘动着随睡莲而生的新意了。一个小小的梦想，就这样被我种植在平淡的日子里，在那个早晨与窗台上的一缕晨光，与堆积如山的绣线一起，开始默默生长。因为喜欢，一种痴痴的喜欢，于是我一天天绣着，一月，两月，半年……慢慢地从冬天绣到春天，从花开绣到花落，从去年的缺月疏桐，绣到当下的白露为霜。一个女子的心，就这样带着痴痴的喜欢，像睡莲一样清醒过来。终于，我绣好了，在这个温暖而晴朗的秋天。我用去一年的时间，完成了这个小小的梦想。这种感觉，对我来说，是一种欣慰美好，是一种饱满充实。这一年来的经历与记忆，也总是与睡莲有关。我终于可以用我的手，我的眼，我的心，一遍遍抚摸、亲近我的睡莲了。

在日常的行走里，植物园是我最爱去的一个地方。我喜欢植物园里那片长满睡莲的池塘，那里有廊桥、木屋，水边错落着紫藤和鸢尾花，整个布局看上去颇像照片资料里的莫奈花园。当我遇到它，走进它，回来之后再一遍遍回想，仿佛就能逐渐看见一个美好的自己，看见属于精神的那一部分，在镜中显现——它们如睡莲一样，半开半合、半梦半醒。整座池塘，包括池塘上空氤氲的宁静，整个天空，乃至整个世界，都是一个越来越宽阔幽深的梦境。

从某个角度来说，人类的睡眠和梦境，是贫富、爱情、生死之外的第三重境界。我和很多人一样，喜欢做梦的感觉，喜欢梦里那个最安全的地方，喜欢梦里那个最自由的我。我发现只要睡着了，我便忘却了自己的姓氏和容颜，忘记所有的烦恼忧愁，开始进入梦的平安喜乐。一梦醒来，我常常凝视着镜子里的自己，或清晰或模糊，或明媚或暗淡，仿佛有一个自己一直在镜子里幽居着，在梦里幽居着，我说不清另一个自己是谁，是一个人，还是一朵睡莲，间或等同于一个与生俱来的梦？

事实上，每个人的睡眠都是一座高深莫测的池塘，在与现实接壤的水面上，或许漂满了一层又一层的睡莲，记录着梦的实现和幻灭。而在梦境中遇见自己，没有什么能比这更直接完美的了。也许睡莲的可贵之处在于：使梦境由虚无变为一种存在，一种触手可及的美好。它在水一方，是永远的梦之载体。是水，滋养并托起了它的梦境——梦是它的粮食、它的信仰、它的旅途，或者说它的一生，注定成为了梦的王国，梦的标本。

我曾经不止一次地向往法国。不仅因为法国有普罗旺斯，有大片大片紫色的薰衣草，更因为法国有吉维尼小镇，有莫奈花园，有一座收藏着印象派油画睡莲的巴黎橘园美术馆。相传莫奈生性沉默寡言，喜爱思索，像个孤独寂寞的隐士，吉维尼小镇上的莫奈花园，是他后来唯一的栖居与归宿。我梦想着有一天，能够抵达这座小镇，去莫奈花园看看，或者再去橘园，在莫奈的巨幅睡莲画前沉思一回，可以与所有去过那里的人一样，任整个身心静静沉入那片暗绿的池塘，静静地呼吸、默想、轻叹。抑或让我的视线，我的目光，栖在那片睡莲之上，随着那绿墨一样流动的水，久久地清醒，久久地沉醉，让自己成为那朵梦中的花，和光阴一起慢慢盛开，凋谢。

我就是这样一个爱做梦的女子。对我来说，睡莲是一个梦想，一个属于我的小小的梦想。也是一种意境，一种我所无法把握的意境。以刺绣的方式实现它，只消一个春夏秋冬的轮回，而心灵上的修行与抵达，却是水远山长其路漫漫，前世今生，抑或今生来世，也未必能够。我所能拥有的，一直珍爱的，只能是我的睡莲光阴了。

小确幸时光

爱上一个词：小确幸，意思是微小而确实的幸福。每每默念，便无由喜欢，仿佛有种小小的幸福，被信手拈来，轻轻放在心上。

小确幸，出自村上春树随笔《朗格汉岛的午后》。书中有篇文章《小确幸》，说的是生活中微小的幸福。比如，村上说他喜欢选购许多内衣，然后洗得干干净净，一件件像寿司那样卷起，齐整整放于抽屉，看它们安然舒适地排列着，内心会有一种满足感；买回刚出炉的香喷喷的面包，站在厨房里一边切成片，一边抓食面包一角；秋日里，听勃拉姆斯的室内乐，凝视午后的阳光，在纸糊拉窗上描绘树叶的影子——这都是一种“小确幸”。

小确幸，若用四字形容，就是心生欢喜。其感觉在于微小、确切、真实。它有一股子甜柔、丰饶、温暖的味道。有人说小确幸，就像把一颗红樱桃准确投进我们口中，又似神秘的天使之手，把一勺沁着花香的蜂蜜洒在心头，可以清晰地感受到它在流淌、漫溢、晕开……每一枚“小确幸”持续时间，3 秒至一整天不等，但它不是凭空消失了，而是一次次浸润着我们的生命。

记得我曾在《今日帖》里这样说："从今天起，做个欢喜的人，四时明媚，静水流深。"如今想来，这应是我最美的小确幸了。或许是美好的心灵劝谕吧，随着时间推移，我发现自己慢慢有所改变，多愁善感的一面少了，渐渐进入一份沉静自如的心境。佛偈曰："慈悲喜舍，本为一体。"从某种意义上来说，这该是一种自我的返身观照，自我的心灵修复，自我的慈悲喜舍了。因为最好的成长，应是关乎心灵的成长，应是从自己的本心出发，以一种向心而生的修行，一次次抵达更好的自己。从此，做个欢喜的人，珍惜每一个今天，热爱生活与生命的丰美，享受柴米油盐的细节，像缓缓而流的静水，清澈有时，明媚有时，慈悲有时，喜舍有时。

小确幸，大约就是这样一些情景：整理衣柜发现旧衣口袋里，居然有搁置多时的钞票；短信响了，打开手机竟是远方亲人的问候；宝贝站在妈妈身边，将西红柿洗净，等着吃妈妈做的西红柿蛋炒饭；新学期，目送孩子背起书包，和同学一起走向学校的背影，而后转身去单位上班；因工作认真努力，得到上司肯定，工资表里多了份额外的奖金；自己一直想买的东西，但是很贵，某天恰好打折买到了；当运动结束汗流满面，喝杯冰镇饮料，不由大赞"就这个 feel 倍儿爽"；开始一段或远或近的旅行，与喜欢的人，去想去的地方，看山看水，看日出日落；路遇一位多年不见的老友，准确叫出对方名字，并情不自禁地拥抱……

是的，就是这一幕幕了。不过是生活中一些稍纵即逝的瞬间，但总带来小小的幸福和快乐，我们要攫住这些被幸福击中的微小时刻，发现人生的小确幸。若我们与这些小确幸，一天天温柔相待，内心也就拥有了最珍贵、真实的财富。这个世间，但凡所谓大惊喜、大幸福都太过虚幻，大起大落的人生，只属于极少一部分人，而小幸运、小欢喜则触手可及：喝点小清茶，聊点小家常，炒点小蔬菜，来点小奢侈，发点小感慨，写点小文字……我们就是钟情这样的小日子。同时，我们也能够打败一些小挫折，抚平一些小委屈，能够体会别人的小心眼，接纳自己的小唐突。我们在意身边的小美好，小浪漫，喜欢浮生的小确幸，小温暖。

在我的日常生活里，也有很多的小确幸时光。比如每天清晨吃过早餐，清爽地出门，以一份好心情开始新一天的工作；有空时，给一位久违的朋友打电话，听那声充满惊喜的“啊呀，是你”；上购物网站淘得几件心仪的棉布裙，穿上居然很显气质，如同量身定做；将完工的绣品一幅幅裱好，看一针一线终成图画，自是满心欢喜；想念家乡小吃，突然发现小区边老乡新开的风味饭馆；远远看见天空一片蔚蓝，白莲花一样的云朵在眼前盛开；雨后沿着街巷散步，空气清新，夹道的梧桐碧绿如梦境；晴好的周末，睡到自然醒，把居室打扫得一尘不染，喊孩子起床，陪孩子写字，把植物搬到阳台沐浴晨光；打开相册看多年前的老照片，为自己当年的青涩哑然失笑；春日里赏花归来，写篇散文竟然被编辑刊发在小城晚报上；邮递员送来两张稿费单，签名那一刻总有莫名的快乐；假日闲下来，高速却拥堵了，就带孩子泡半天书吧，然后拿这笔稿费，同孩子捧回几本名著；华灯初上，就杯莲子茶，看一部小众的文艺片，品味生活的恬淡从容，窗外，是早春的细雨，或初秋的安静……

我喜欢这无处不在的“小确幸”，让我感到一种活在当下的美好。这些都是我日常生活的一部分，微小而确切，一点点发生在时光里，像一片丰盈的羽毛，一朵芬芳的茉莉，一支舒缓的纯音乐，轻轻落在心上。

说来就是这样的——每个人生活里，都充满了“小确幸”。这些随时而遇的小幸福，是水流花开的随喜，风吹草木的素然，给人一种内心的宽实和满足，让我们学会感恩与珍惜。只要以一颗细腻温柔的本心，悄悄发现它，感受它，体悟它，便会与之美好相逢。

赏心只有三两枝

床头散落有几本闲书，去年十月新添一本黑塞的《园圃之乐》。草绿色的封面，清新雅致，书里还有多幅黑塞的手绘水彩插图，间或朴实无华的文字，很适合冬夜闲读。此书是远在京城的女友所赠，打心底里喜欢。对我来说，收到书的心情，真是无比美好的。而枕边不时有新书，更是一种莫名的快乐。

与女友两年未见，去年国庆长假，我们重逢于家乡小镇。那天我们相约去浮山，在去浮山的路上，很意外地收到这本书。她是一位书香女子，用现在的说法，就是很有文艺范儿。一个女子，胭脂水粉气、珠光宝气得来都是极容易的，唯独一份书卷气，绝非一朝一夕之事。何况，与之有关的底蕴、灵气、悟性，乃至静气……每一样都需要与生俱来的天分，多年的修习熏养，方能形成一种由内及外、至纯至雅的气质。于女子，腹有诗书气自华，最是端方，最是娴静，最是难得。这是一种过程，一种内涵，一种心态，也是我与她多年相识及久别重逢以来，所慢慢感悟到的，一个女子真正的美，那种静水流深的气韵，是来自何处，且一直在时间里宁静地生长，与内心的本源相映照。

她依旧是那样安静，安静地朝着我笑，依旧是那样柔和、亲切，是我熟悉的感觉，经年未改。

只是让我更意外的是，长假后不久，回到京城的她，又通过购书网站快递一箱书籍给我。有扬之水的《读书十年》系列、比尔·波特的《空谷幽兰》《禅的行囊》和《黄河之旅》等十多本新书。这份礼物实在丰盛珍贵，有生以来，我还不曾一下子收到如此之多的书籍呢。捧着这些散着墨香的礼物，我的内心被一种叫作友谊的东西，深深温暖，深深打动了。她这样知我、懂我，可以说是一种美好的惺惺相惜，是彼此心中相契的暖。

这些年，我突然发现：一个人，随着年龄的增长，内心是越来越安静了。我不知道这算不算一件好事，只是觉得越来越不喜欢热闹，不喜欢太过热烈的关系，只喜欢以一种简单安静的姿态，活在自己的小国度里。做自己喜欢的事，过自己的流水生活，疏淡也好，素朴也好。一些人或事，都比从前看得淡，看得透，远离或拒绝了一些不必要的交往，也省却了许多的琐碎与烦恼。所有的过滤或省略，也许都是为了内心的明澈，与心境的坦然。我喜欢自己现在的样子，我喜欢这样静好的光阴。

亦舒说过：人缘太好的人，不适合做知己。因为她对谁都这样热情，你根本分不清她的热情是真的，还是有作秀的成分。古人也曾在诗里感叹："触目横斜千万朵，赏心只有三两枝。"我想，若能在茫茫人海里，遇到这三两枝，也就很好了。只是浮生若梦，流年似水，人之相识相知，大抵也是一种水远山长、随缘应分的际遇。有些失去了就不再回来，有些却温润如初，历久弥香。若是有幸在今生，在当下，还能遇见一些相视欢喜的人，便是一种莫大的福分。

在文字上，她更是一个让我倾慕的女子。她的文字质地很是清婉、灵动，灵动之余，偏不失沉静安稳。我常流连在她的个人空间里，不舍离去。比如她在《小寒书》里这样写道："小寒，是天色熹微时分，在薄薄的飞雪里，独自走到前村的小桥边去看梅花，万物沉寂，天地大美而无言，那样的沉寂辽远；又或是，如水的月色铺满石子路，一剪梅枝于窗前摇曳，室内人呵着手，偶尔轻拨一下炉中的炭火，火光微熏，映红了心事。"她说："每晚重温几页《今生今世》，昨夜读到除夕那一节，儿时的景象漫过来，漫过漫长的岁月之海，如浪花盛放在眼前。有时觉得自己过得非常混淆，人群热闹，却心情清冷，而掩迹书页文字，倒惊见繁花照眼，日月丰盛充盈。也无妨，如弱水三千，我只饮我应得那一瓢，这份自知与警醒，也就难得。久而久之，此心已如小寒节气，清淡、低温、内敛，自有天地。"还有更多的精彩段落，无须再一行行道来，只需细细读着，便如幽幽兰香，如珠玑在案，如清茶在手，有一种沁在心底的喜欢。

真正是岁月有痕，她依旧。依旧是我喜欢的样子，熟悉的样子。正如她在另篇文字里所言：多年的知根知底，还有更多诚挚的情意，温暖的细节，欢喜的时光，只能是放在心里，懂得和珍藏……思念与关切一直都在，无论你问与不问，无论我说与不说。

有素心如此，便是欢喜，便是懂得，便是温暖。可独坐，也可赏心，可相忆，也可相寄。

吃粥记

每天清晨进厨房，将粒粒饱满的大米盛在锅里，掺两把金黄色玉米片，放几只鸡蛋，加清水一起淘净，添水煮沸，然后温火慢慢来熬，人继续小睡一会儿。等闻着粥香满屋弥漫了，唤小儿起床洗漱，暖暖地吃一碗，上学去。

在烟火人间，煮粥是最简单的一件事吧。米与水，相遇于锅中，慢慢煎熬于火上，相互懂得，相互成全，一起在时间里开出了温润的花朵。开着开着，直开到相濡以沫，不分你我的亲密无间时，便是粥了。它有了细腻，有了圆融，有了浓稠的烟火清香气。仿佛裹着头巾、一身细碎蓝花的棉布女子，天生的眉清目秀里，透着晨雾似的恬静温暖，让人心里欢喜。

我与粥是有宿缘的。母亲说我当年出生五个月后，便主动不再吃奶，即使哄我来吃也无济于事。一个襁褓婴儿自己断奶，令母亲颇为不解。奶奶只好盛来融乎乎的米粥，一口口、一餐餐地喂着。一闻着浓浓的粥香，我便手舞足蹈，吃得津津有味。想来，我与这寻常的白米粥，真是有种与生俱来的亲近。

千百年来，最知人间冷暖的，也许就是粥了。一捧米粟慢慢熬就，可饱芸芸众生——平民百姓，一生贫苦度日，以粥为家常便饭，桌上常年累月两盘酸菜，稀粥汤汤地映照出了人的影子。文人生活大多困顿清寒，居陋巷，一箪食，一瓢饮，以粥为有味清欢，以粥来养精蓄锐。从而，苏东坡写出了《寒食帖》，曹雪芹创作了《石头记》。旧时官府赈灾济贫，常常是开设粥棚，一碗粥或许能救活一条命的。粥，司空见惯的粥，在多灾多难的世道，总是如此宽厚慈善。

古人认为，粥是世间第一补人之物。一年四季的膳食，总是少不了粥。盛夏傍晚吃绿豆粥、莲子粥、山楂粥，有清凉滋润、补充养分的益处。寒冬早晨吃芋头粥、红枣粥、狗肉粥，食后则浑身暖和，精力充沛。待到腊月，无论江南塞北，家家户户都飘出腊八粥的香味。一家人围坐在一起，热热地吃上两碗，直把呼啸的寒风远远挡在门外。一年到头的甘苦滋味，竟全都融化在暖融融的粥里了。这世间寻常百姓的生活，不就图个厚实安稳吗？

想起以前冬天，和朋友在粥吧吃粥。一碗浓稠的香菇瘦肉粥端上来，清香四溢，奶白色的温馨里，酝酿着丝丝缕缕的红，点缀着细细密密的绿。一屋子便有了素雅之气，人也跟着素雅了。三三两两的吃粥人，坐在如水的音乐里，或喁喁低语，或独守沉静，或一勺一勺慢慢品着，直吃得内心有满满的温暖。也许，一个与你共享山珍海味的人，在酒足饭饱之后，可能随时将你忘记，而与你分喝一碗清粥的人，却永远在你的内心占有一隅，穿过岁月的平平淡淡，仍旧相知相惜。

《红楼梦》里那出“燕窝事件”，是人人都知道的了。黛钗二人，一个素来弱柳扶风，小家子心性，一个行事温柔敦厚，且知书达理。黛玉每年秋分之后，旧疾复犯，老是咳嗽。宝钗前来探望，便给她开了个滋补方子：冰糖燕窝粥。说每日早起，拿上等燕窝一两，冰糖五钱，用银吊子熬出粥来，若吃惯了，比药还强，最是滋阴补气的。晚间雨声淅沥，那时候，宝玉刚刚雨中离去，正好碰见宝钗差人送来一大包燕窝，还有一包洁粉梅片雪花洋糖。这个秋窗雨夕，黛玉这颗多愁善感的心，生生地被一种温暖的情愫所触动，深深懊悔往日是自己错了，从此与宝钗冰释前嫌，视宝钗如亲人。宝玉看着，不由暗暗地纳罕——有天晚上，这个无事忙的人还特地找了来，笑问：“是几时孟光接了梁鸿案？”黛玉听了，禁不住也笑起来。

有段时间，我喜欢坐在暖暖的灯下，看两行《浮生六记》。一卷“坎坷记愁”，字字读来，无不令人肝肠寸断——将交五鼓，暖粥共啜之。芸强颜笑曰：“昔一粥而聚，今一粥而散；若作传奇，可名《吃粥记》矣。”三白和芸娘，这对如花美眷，昔日人生初见，因一碗粥结缘，今朝坎坷多艰，以一碗粥离散。人生真是太梦幻了，一只青瓷碗，如何盛得下这一辈子的姹紫嫣红，这一辈子的颠沛流离，这一辈子的生离死别？当年容颜如花的女子，怎就变成了悲啼哀愁的病妇？往后的事呢，皆是浮生旧梦的惆怅了，那些残山剩水，不提也罢。

岁月忽已晚。一切都尘埃落定了，隔着影影幢幢的时光，那些美好而忧伤的故事，那些美好而忧伤的人，如梦如烟地远了，如一轮璧月迢迢于记忆的深处，时而清晰，时而绰约。

有人说，喝茶在品，吃粥在悟。人的一生，难免要经历一些事情，多一份阅历，多一份辗转，粥里的滋味就多一种。一个与粥相濡以沫的人，必是热了心，灰了心，又静了心的。一个喜欢吃粥的人，或许少了些许精致，些许典雅，只是布衣蔬食，过着淡泊平和的日子。在一粥一饭的滋养里，只低低守着内心的宁静温厚，守着一个贴心贴肺的人，一起看岁月花开花落，看人生细水长流。

辑三

执手浮生，要爱美好的事物

像一纸素笺，总在等待深情的诗句，像一只蝴蝶，只为相逢梦里的知己。

我相信，今生所有美好的遇见，都是前生前世，早已注定的传奇。

从前慢

“记得早先少年时，大家诚诚恳恳，说一句是一句。清早上火车站，长街黑暗无行人，卖豆浆的小店冒着热气。从前的日色变得慢，车，马，邮件都慢。一生只够爱一个人。从前的锁也好看，钥匙精美有样子，你锁了，人家就懂了。”

我喜欢木心这首《从前慢》，灵巧、精致、舒缓，字里行间氤氲着一种怀旧气息，弥漫着一种沉稳静气。像一幅泛黄的旧画，无言地存留在记忆深处，素朴而静谧，透着优雅从容的美。只慢慢读着，旧时日子，仿佛一朵碧绿的睡莲，于记忆的心底悄悄盛开，升起一种柔软的思绪，整个世界安静下来，缓慢下来，仿如老电影一样，朦胧而幽深。

那年我去乌镇，只知乌镇是茅盾先生的故乡，却原来乌镇也是木心先生的故乡。我想这首《从前慢》，写的就是旧日乌镇吧。试想那样的清晨，一个人，默默穿过无人的长街去火车站，所有街坊四邻都还未醒来，只有卖豆浆的小店冒着热气。火车站，注定是个离别与远行的地方。木心先生，一生从乌镇到上海，从上海到纽约，其路漫漫而修远，其中多少坎坷艰难，流离颠沛，多少宠辱不惊，去留无意，都自不待言了，唯有故乡小镇，从前的慢，从前的美，如诗一样宁静美好，一直温暖着客居他乡的游子心。

从前是慢的。那时，我们正当少年，还依偎在父母长辈身边，还在故乡低矮的屋檐下，安心学习，尽情玩耍，生活里没有远离，没有思念，只有青梅一样的年纪，竹马一样快乐的时光，只和亲人一起简单度日，无忧无虑。爷爷奶奶是诚诚恳恳的，说一句是一句，隔壁大叔大娘也是诚诚恳恳的，说一句是一句。春风、夏雨、秋月、冬雪也都是淳朴地顺应着季节，诚诚恳恳应时而来，来到我们的村庄和田野。桃花开在三月，桂子落在中秋，一切都刚刚好，不早也不迟。

从前是慢的。不久的后来，我们渐渐长大，记忆里很多次清早离乡，总是天还不亮，就匆匆起身，背着行囊开始一场场远行。我们坐火车北上京津，或南下两广，搭汽车越重山往皖南，要么过长江去江苏，有时是三五结伴，有时是孤身一人。无论身处何方，去往何地，那时我们的心中，无不揣着满满的思念，那时我们的身后，无不落下长长的旅愁。那时的绿皮火车，开得极慢，穿山渡水一程程，整日整夜都铿锵在路上，穿过千山万岭，前面依然万水千山……

从前是慢的。从前四季缓慢，日色悠然，没有电话，没有手机，没有网络，没有车水马龙的喧闹，两地天涯的分别里，你慢慢写信、寄信，我慢慢等信、读信。那厢是“云中谁寄锦书来，雁字回时月满西楼”，这厢是“渐写到别来，此情深处，红笺为无色”，花开花落，云卷云舒，小半生就这样慢慢过来了，慢到只有鸿雁传书，鱼传尺素的山长水远，一生慢慢地等，慢慢地爱，且慢且缠绵，且爱且珍惜。

从前是慢的。从前的锁，都是锁匠手工慢慢制作，慢慢做出精致好看的样子。一如从前的日子，缓慢、安静，一天天柴米油盐，一户户暖老温贫。各种各样的锁好看，各家各户的人也诚实，好看的锁是君子之腹，好看的锁是路不拾遗，好看的锁是月色清朗……就这样一路逶迤看过去，便是岁月静好，现世安稳。

更有一把连心锁，最好看最珍贵，千回百转的精致。若我爱了，你懂了，有一种相知默契了，就把精美的钥匙，连同一颗心郑重交给你，让你从此住在我心上，相陪着一起慢慢变老。从前是慢的，当下是慢的，今日往后，一生一世都是慢的了。

慢的东西，最是精致；慢的事物，最是美好。刺绣是慢的，戏曲是慢的，书画是慢的，雕刻是慢的，春蚕吐丝是慢的，梅花含苞是慢的。一年，只够慢慢做一样事，一生，只够慢慢爱一个人。

月亮，盛开在村庄之上

到家的时候，已是黄昏。那片镀着金边的晚霞，如四野的油菜，渐渐收了灿烂的花。远畈平畴，池塘溪水，很近，近到一片模糊，眼前，只有这朴素的村庄。

抬头，一轮明月正幽幽挂在黛色的山岗上。炊烟缓缓升起，像老屋安静的呼吸，透着村庄与生俱来的体温。泥土新翻的气息，梁上燕子的呢喃，伴着晚蛩的低唱，墨也似的，愈来愈浓了。

母亲听见我的叫喊，从厨房迎出来，伸手接过行囊。当触到母亲温暖的手，我看见那轮明月，竟然倒映在母亲眼里，使得母亲的双眸，刹那间水般柔和清亮，一如从前。

回家的心情，是温暖的。只要踏上家乡的小路，或许，我就是采薇的村姑了。那些年，我曾在立春过后，采回饱含雨水的杨柳；曾在惊蛰声里，采回春风吹醒的桃红；曾在清明时节，早早采回谷雨的新茶；直采到立夏的河边，水里是荇菜，岸边是芦苇。晨风似柔软的缎子，穿透我的长发。野花沾着清露，水灵灵地开在衣襟上。我的歌声追逐着阳光，像天的蔚蓝，像白云，拂过飞鸟的翅膀。

一切依旧。只要踏上家乡的小路，我分明就是采薇的村姑了。如今我采回万水千山，采回枯藤老树，采回古道天涯。我的年少轻狂，不说给雨雪霏霏，不说给浮生若寄，单说给家乡的河流，与巍峨的青山，给两岸的渔歌牧笛，给山中的野蕨新笋，给无垠的麦浪秧苗，给勤劳的母亲和村庄。

我穿过堂屋，坐到灶下添柴。母亲慌忙说，别弄脏了衣裳。而火苗一下子就映红了我的脸，仿佛一缕缕月光在水中荡漾。柴禾在燃烧，噼噼啪啪，声音里裹着饭菜的香味，还是那么熟悉，让人想起过往。

知道吗，我是“饮着月亮”长大的女儿。我丢下行囊，只为了要把月亮带回家。

在很小很远的夏夜，母亲常常抱着我望月亮，告诉我月亮里有棵树——如今想来，那是我见过的最高最美的一棵树啊！每一片花瓣，都是上古蛮荒的胎记；每一层清辉，都有结绳记事的安稳。而唐风与宋雨，不过是一种碧海青天的追溯，纵然白云变成苍狗，沧海换作桑田，可这岫玉般的月色，这靛蓝的天籁，除了诗，谁还可以借走？

只有一个诗人说过：“那名字自在如流水。”每一遍温柔的抚摸，都是给灵魂把脉的手，每一滴甘甜的乳汁，都是初生的梦幻，注定要在血脉里流淌，与我的生命融为一体，厮守一生了。

流水今日，明月前身。世上真有这种轮回吗？不知道那轮璧月，是否仍迢迢落在远古的窗外。窗外，是夜雨涨过的秋池。如果我把耳朵贴着水面，是否就能重回千年，再取一瓢，煮开，泡一壶不解的乡愁，听那更漏的声音？

没想到，涉江而行的我，在前世打了个踉跄，便跌进今生的月光里。

从此，我一辈子忘不了月亮。忘不了这或明或暗，或盈或亏的月光。它的容颜，在我的生命里荡漾，一圈圈长大，有如树的年轮，和井边开谢了的花。我从小在井边汲水，洗衣，做饭。水永远汲不尽，那是一段无邪的记忆，冬暖夏凉。花香，还是原始的淡，四季，依旧永恒的长，那就藏一片碧波吧，长成心中空朦的山水，长成今生行走的模样。

知道吗，我是“饮着月亮”长大的女儿。没想到一饮，又是三十年。

我懂得，这些年来，乡愁不过是那棵月亮里的树，是一片不曾褪色的幽蓝，永远生长在苍穹，像水像釉。抑或就是这面前的绿茶，母亲提着篮子一枚一枚摘回，一片片揉软，焙干，装好，再一朵朵慢慢舒展在我的杯中。

浮生若茶。这些年来，无论身在何方，我都会在夜晚凝望月亮。月亮挂在天上，就像记忆挂在墙上。告诉我，生命里还有什么情怀，会如今夜的月，古老端庄，值得拿出来斟酌，或酝酿？

三十年光阴，飘来又荡去，到底还浓缩在这片月色中，泊在这个幽静的村庄，一点点变旧，变老。

夜渐渐深了，四野的灯火，一盏盏谢去。月亮真正升了起来——仿佛一朵莲花，盛开在村庄之上。

所有美好的事物，都值得看上两遍

所有的事物，我都要看上两遍，一遍让我欢欣，一遍令我忧伤。世界完美地闭合，在两页封面之间，那里，我聚拢起所有的事物，并将它们爱上两遍。

一束粉红的玫瑰，插在青花瓷瓶里，像一颗初恋的心，美好而芬芳。早晨起来看一遍，满心欢喜，晚上睡前看一遍，梦也温馨。只是，朝朝暮暮十天半月过去，就失了美丽的颜色，淡了幽幽的清香。一朵花的凋谢，如一份无望的爱，总让人有几许失落，几许惆怅。

一封薄薄的信笺，载着梦绕魂牵的思念，藏着万语千言的温暖，像一只情感的扁舟，从遥远的地方开始出发，徐徐抵达另一个熟悉的地址。一路迎着风的轻盈，云的舒卷，恰似春水一般缓慢。写信的他，写好细看一遍，再细看过一遍，然后小心地封好，寄出。收信的她，一样小心地打开，细读过一遍，再细读一遍。从早春的杨柳依依，到岁暮的雨雪霏霏，他一封封地写，一封封地寄。

她一封封地读，一封封地回。一年年过去了，无论等待的寂寞，还是离别的忧伤，都是才下眉头，却上心头。流年似水，此情无计，多少漫漶无边的光阴，就这样换作了一种相思，两处闲愁。

是的，所有美好的事物，我都要看上两遍。比如，一片蔚蓝的天空，一幅美丽的画，一首清新的诗，一个优雅的背影，一张柔和的面容……是这样的，所有这些美好的事物，都值得看上两遍。一遍因为纯粹的喜欢，一遍因为执着的深爱。

比如这些年，我每天都要看两回莫奈《睡莲》，看那幅碧绿清幽的画面，有一种无与伦比的静谧。我曾经用整整一年时间将它绣好，这些年，它一直静静地挂在房间的墙上，静静地陪着我渡光阴。我发现，只要我的视线落在那美丽画面上，时间就会变得安静且丰富，内心就会变得从容自足。想象一百多年前的夏天，吉维尼小镇那池中的睡莲开得正好，莫奈用他手中的画笔，借着大自然那变幻无穷的光影，画出一朵又一朵盛开的生命，为我们留下永恒无限的美。那是一幅幅永不褪色的画，那种或沉静或明媚的色彩，是可以让人自由呼吸的梦境。

我发现，在喜爱的画作面前，只要保持一种寂静的喜欢，就是一种着迷，一种珍爱吧。如同珍爱一个小小的梦想，一份灵魂深处的香气。我发现，我喜欢一切与睡莲有关的事物，喜欢睡莲带给我一切的美好。这种感觉，既充满活力，又温柔宁静。也许这其中，也有一种莫名的惆怅，也有一种模糊的忧伤——它们有时沉睡，有时清醒，有时纠结，有时柔和，似光阴凝成的一枚琥珀，安放在生命最柔软的角落，与灵魂相连，生生世世，心心念念。我感觉，这是一种随时间而来的禅，是我的睡莲心情，我的睡莲光阴。

比如这些年，我每年都要看两回《红楼梦》，看那块顽石下凡的警幻传奇。都云作者痴，谁解其中味？一部刻在石头上的故事，读来看似满纸荒唐言，实则都是一把辛酸泪。前半部鲜花着锦，烈火烹油团圆美好，后半部诸芳散尽，三春去后无尽悲伤。那十年不寻常的辛苦，千般同幻渺的悲欣，想来都是一场无常的世事，一程如梦的浮生。那灵河岸边的木石前盟，那三生石上的旧精魂，想来都是生关死劫，都是兰因絮果，一半是旖旎缠绵的明媚，一半是刻骨铭心的离殇。

“都道是金玉良缘，俺只念木石前盟。空对着，山中高士晶莹雪；终不忘，世外仙姝寂寞林。叹人间，美中不足今方信。纵然是齐眉举案，到底意难平。”一曲《终身误》，字字是血，声声断肠，诉不完内心的衷情与苦痛，道不尽命运的无奈与悲伤。想那人生浮沉的万千滋味，到底都是奈何天，伤怀日，寂寥时。那三生石上的前缘和旧盟，到底都是水中月，风中絮，镜中花。那无尽的爱与哀愁，到底都是枉凝眉，都是空余恨，都是一声长长的叹息。

是这样的。所有美好的事物，都值得爱上两遍，一遍让我欢欣，一遍令我忧伤。只因为，花开不多时，韶华不重来。只因为，人有悲欢离合，月有阴晴圆缺。只因为，人似秋鸿有来信，事如春梦了无痕。只因为，一个人内心的百转千回，更因为，一个人内心的一往情深。

是这样的。我愿意以我的睡莲光阴，聚拢起一些美好的事物，并将它们爱上两遍。一遍，因为纯粹的喜欢，一遍，因为执着的深爱。

遇见这样的雨季

感觉在春夏两季之间，还有另一个季节的存在，这个季节就是雨季了。

从六月到七月，雨是绵延不绝地下着，一场接着一场。静静的夜晚耳边是一帘雨声，醒来的清晨窗外是一片雨景。偌大的园子里，植物们全吸饱了雨水，满眼清亮亮的，都是雨季里特有的绿意。

遇见这样的雨季，有人会将它写成一阕玲珑有致、缠绵婉约的小令；有人会点一柱檀香，铺一张生宣，以自己喜欢的墨法，写意心中的山水图画；也有人会撑一把油纸伞，带着丁香一样的颜色与芬芳，独自彷徨在悠长、悠长又寂寥的雨巷，远远的背影，像诗、像梦一样朦胧幽深，又结着悠长的叹息和惆怅。

遇见这样的雨季，或许也有人，只如此刻的我，且借这重重雨帘，留给自己一方静谧时光，安静地回想一些与雨有关的文字。比如“试问闲愁都几许？一川烟草，满城风絮，梅子黄时雨”，比如“倘有荷在池，倘有荷在心，则长长的雨季何患”，再比如这句“我请求：雨是悲欢离合，雨是一生的过错”。每一行，都浸渍着时光与雨的味道，只静静去读，一茶、一书、一帖，便是一种心境。

就像那一路走过的，悠长悠长的雨巷，还应有一些寻常人家，安静的院落里，有栀子茉莉的洁白和芳香，有葡萄的青涩，合欢的粉红，睡莲的碧绿，这些，倒更显生活的本意与诗意。

雨就这样一直下着。从六月到七月，从书里到书外，从今天到昔日——这是一个雨的世界。从大街到小巷，从江北到江南，从故乡到异乡，漫山遍野都是雨声，有一些记忆，便也像雨声一样漫长了。

隔着时光远远往回看，这样的雨，蒋捷想是遇见过的。“少年听雨歌楼上，红烛昏罗帐。壮年听雨客舟中，江阔云低断雁叫西风。 而今听雨僧庐下，鬓已星星也。悲欢离合总无情，一任阶前点滴到天明。”一阙《虞美人·听雨》，一生的悲欢离合，一生的酸甜苦辣，尽在听雨的过程里，一遍遍显现：想那年少的时候，总是放荡不羁，听雨也要找个浪漫的地方，只与自己喜欢的人，只做自己喜欢的事。只是，青春是本太仓促的书，转眼翻至中年。中年的客舟，是一幅江阔云低，西风断雁的烟雨图画，是一程辽阔的旅愁了。再后来，当江山易主，国破家亡，人在僧庐下，鬓已星星。雨，还是一样的雨，一样教人清醒无眠，而内心早已历经一道道沧海桑田。当所有的过往，都被雨打风吹去，雨，已经不只是雨，它是命运与灵魂的一部分，是这漫漫路途上，三种截然不同的人生境地。

这样的雨，苏子想是遇见过的。苏子一生多是磨难坎坷，在他的内心深处，除却“十年生死两茫茫，不思量，自难忘”的刻骨思念，还有“独弹古调，每逢暮雨倍思卿”的无限深情——只因她们都是自己最心爱的人，她们知书达理，美丽温柔，是浮世清欢，一生一世的暖。也许这世间，富贵得意时的锦上添花，从来都不缺少，最难能可贵的，是失意落魄时的不离不弃。苏子被贬惠州时，已年届花甲孑然一身，唯有朝云始终如一，生死相随。只因她懂他，懂他一肚子的不合时宜，懂他骨子里的琴心剑胆，懂他的高处不胜寒，懂他的寂寞沙洲冷，更懂他的平生功业，黄州惠州儋州。雨一直下着，而她们都已红颜早逝，再也不能相伴左右了。短松岗外，六如亭边，儋州岛上，多是烟水茫茫。是雨，让天地分外安静，让思念的旧疾一触即发，终生难愈。

当然这样的雨，宋时的易安居士也曾遇见，清初的纳兰公子也曾遇见。读《漱玉词》，读《纳兰词》，不是清凉如水的月光，便是绵绵不绝的雨意。有一些往事，当时只道是寻常，比如“被酒莫惊春睡重”的贴心呵护，比如“赌书消得泼茶香”的欢乐时光，往事在心中百转千回，多么痛，多么美……到后来，只一个人静静地沉思，静静地听雨，听点滴芭蕉，声声催忆当初。只一个人，欲眠还展旧时书，鸳鸯小字，犹记手生疏——人生的寻寻觅觅，原来如此一往情深，声声慢，声声慢。

如此雨季里，我所遇见的诗是老的，词是旧的。都是几十年，或者几百年的从前了。我喜欢这样一种旧有的美，喜欢在这样的雨夜，静静去读。一茶、一书、一帖，与我一遍遍素然相见，寂静，欢喜，无言。

秋天有一张安静的脸

像一条河流的清浅与绵延，这日子不知不觉便有了秋天的模样。窗外，风是清凉的，雨是清凉的，渐浓的夜色，也是安静清凉的了。

清少纳言在《枕草子》里，如此写到四时情趣：春天是破晓的时候最好，夏天是夜里最好，冬天是早晨最好。而秋天是傍晚最好——夕阳辉煌地照着，到了很接近山边的时候，乌鸦都要归巢去了，三四只一起、两三只一起急匆匆地飞去……而且更有大雁排成行列飞去，随后越看去变得越小了，也真是有趣。到了日落以后，风的声响以及虫类的鸣声，不消说，也都是特别有意思的。

如此文字，读来自是清淡有味。只是觉得四时变化的微妙之美，还远不止这些。也许她当年久居深宫，生活单调，与自然万物总隔着一道高墙，只能远远地看回晚云如山，倦鸟归巢的景象，以此消解内心的愁烦。那宫墙内的景致，只是一些有限的美罢了。

一年四季花开花落，云卷云舒，万物美好，橘绿橙黄，只要我们去用心感受，用心发现，用心珍惜，无论阴晴圆缺，或者朝暮晨昏，也许都算得最好的时候。特别是秋天，有关秋天的风景，秋天的物事，秋天的情趣，那是“落霞与孤鹜齐飞，秋水共长天一色”的辽阔；是“采菊东篱下，悠然见南山”的闲逸；是“晓来谁染霜林醉”的长亭十里；是“淡妆浓抹总相宜”的水色山光。

这时候新月娟娟，夜凉如水；这时候北雁南飞，苇花似雪；这时候落花无言，人淡如菊——是秋了，是安静的秋了。

当秋的画卷徐徐展开，你会看见，秋天有一张安静的脸。这样的安静，是以诗经里那条绵延的河流做背景，以苍苍蒹葭和泠泠白露来调色，用唐诗的平仄画一抹如黛的远山眉，用宋词的小令点一双清澈似水的杏仁眸。再来几天万里无云的晴朗之颜，几缕月白风清的悠远之意，那么，秋就很自然地有了入画的底气，有了如诗的意境，有了活色生香的丰盈。

是的，你会发现，秋天有许多安静的细节。比如荷花谢了，结成了莲蓬；比如桂花开了，酿成了美酒；所有的瓜果，都慢慢地在成熟，让人们收获一如既往的甘美；所有的树林，慢慢地染了秋霜，漫山遍野都是斑斓图画：“碧云天，黄叶地，秋色连波，波上寒烟翠。”这样的秋野，最是丰饶动人。这种美，不同于春的蓬勃多姿，夏的繁盛华美，秋色多斑斓，曾经的青翠渐渐转为明黄，曾经的苍绿，慢慢化作赭红，再多的葳蕤，终是归于一份清简，归于大地的秋实。

我喜欢在这样安静的秋天，回到老家，回到我童年的村庄，看看从小就熟悉的一山一水，一草一木。很多年就这样过去了，我的人生，也渐渐有了秋天的模样，而一些年年如是的出发、远行与归来，依然在我的生命里一遍遍来回上演。年年如是的秋风，也这样一遍遍铺满四周的田野，一遍遍吹落漫山的秋叶，一遍遍来到我的村庄，一遍遍拂过母亲的脸庞。

这次回家已近傍晚，母亲正在村边菜园里躬身忙碌。这时候，我喜欢像从前一样，满心欢喜地跑进菜园，跟随着母亲，一起摘青的辣椒，紫的茄子，摘高悬的丝瓜，低垂的豇豆。满心欢喜地，为一片刚出苗的小青蒜蹲下来，为一畦清爽爽的韭菜蹲下来，为一个披满白霜的大冬瓜蹲下来。新生的白菜秧绿油油的，我和母亲去溪边提点清水来浇之；埂头的老南瓜，大多圆硕金黄了，一会就带上它们一起回家。一路上，和溪边的芦苇合个影，和路边的狗尾草说说话，摸一摸篱边半人高的朝开暮落的木槿，望一望紫蝴蝶般翩跹在枝梢的扁豆花，闻一闻探过墙头的青里泛红的柿子。此时落日熔金，暮云合璧，鸡栖于埘，羊牛下来，此时秋风轻拂，晚虫低唱，我眼前的田野、村庄、河流，散发着草木迷人的芬芳，有着一种特别的静谧与安详。

是秋了，是安静的秋了。这映入眼帘的一幕幕，如此亲切温暖，仿佛诗经里最美的一页。这样无限的美，是我用笔难以描摹的图画，是眼底一层薄薄的雾气，是故乡永远的原风景。它，一直是我心底最深的牵挂，是我梦里最浓的思念。梦里，所有的时光都触手可及，所有的河流都闪闪发光；梦里，我的母亲还是当年那样美丽、年轻，有着月光一样的慈祥与温柔。

秋天有一张安静的脸。

青青子衿，悠悠我心

黄昏灯火渐渐照亮夜色，行人踏着薄暮归来。年轻的母亲牵着孩子，孩子小鸟般依人。秋凉了，女孩已换掉棉布花裙，男孩都穿上了牛仔茄克。我的孩子也是这样打扮，柔软的针织线衣，水洗的牛仔或芯绒裤。我喜欢那稚嫩小巧的身姿，一颦一动一言一笑的模样，都是我心里珍爱的花朵。

昨天经过步行街，在童装店留连许久。看看款式花样，准备给孩子添置些秋冬衣裳。有时经过家居布艺店，也喜欢进去看看，与柔软的布质接触一会，是一种享受。看着这些色彩斑斓的手工绣品，不由选两样如意的回来，有贴心的温馨暖和。

在我的记忆里，长辈们手工都很精致。奶奶年轻时家境殷实，后来嫁与一贫如洗的爷爷，幸有一手精致手艺：衣裳鞋帽，绣花剪纸，样样做得精美。乡邻们每逢婚丧嫁娶，奶奶也均是鼎力帮手，颇得大家敬重。外婆去世得早些，我只有点模糊印象。但母亲的手工很好，自然是外婆悉心传授的。前些年我还会些手工，现在多已丢落忘记，学过的本领枉付流水，内心不由莫名的怅然。

想起旧时，不论名门闺秀、小家碧玉，还是贫寒女子，都擅长女红。缝纫编结，刺绣针黹，那品目繁多的绸布丝线、流苏花样，哪样不是女儿细致工夫？我相信每个女子心里都深藏着这份情结，精美的丝线在针尖下抽枝发芽，一朵芙蓉谢了，那朵红梅开了。世事安稳，岁月静好。

千百年来，多少平常女子，知书达理秀外慧中，下得厨房上得厅堂。不是有“三日入厨下，洗手作羹汤”的佳话吗？这样的女子虽是无名，却是动人啊。琴棋书画、诗词歌赋是美的，穿针引线、描龙绣凤，也是美的，有古人笔下“云鬟轻挽，春山眉黛”的胭脂缠绵，又有“举案齐眉，红袖添香”的绸缪韵致。王宝钏苦守寒窑十八载，秦罗敷陌上采桑退使君，卓文君当垆卖酒笑靥如花——这样朴素坚贞的情怀，均是让人痴恋不已。若是想起褒姒烽火一笑，贵妃马嵬魂断香销，曾经太美太盛的风华，反倒演绎了无限的凄凉，与彻骨的殇。

记得《红楼梦》里有段叙述：宝姑娘来看宝玉，袭人正在宝玉床边绣兜肚。袭人恰好出去有事，走开了。宝姑娘觉得那活儿细致可爱，忍不住也拿起针绣起来。我很喜欢这个细节，温馨可爱。三言两语的刻画，玲珑女儿的心性便自然地流露出来。任是无情也动人，掩藏太深的她，好难得有这样一幕。

而今天又翻回宝玉题额归来那节，因宝玉才藻深得老爷暗赞，众小厮便与之讨巧要赏。宝玉一高兴，身上所佩之物悉被众厮摘去，一件无存。黛玉发现后嗔怪：“我给你的那个荷包也给他们了？你明儿再想我的东西，可不能够了！”遂赌气剪破香囊，虽尚未完工，却已十分精巧，费了许多工夫。宝玉忙从衣里红袄襟上将荷包解下来：“你瞧瞧，这是什么！我哪一回把你的东西给人了？”黛玉又愧又气，低头一言不发。

此段读来不由唏嘘，实是一段至情至性的文字。“只道他腹内草莽人轻浮，却原来骨格清奇非俗流”，金玉良缘也好，木石前盟也罢，到后来全都入戏成了身段唱腔。那一派派绣幕珠帘里，一对对才子佳人粉墨登场，自有一番疏影横斜，暗香浮动。“虽是妆演的形容，却作尽悲欢情状”，举手投足一唱三叹里，恩怨纠结随之风生水起。戏如人生，风光无限，道不尽的风流蕴藉，演不尽的生旦净末，听不尽的五音宫商。

从小我便喜欢黄梅、越剧、昆曲。黄梅甜润婉转、越剧细糯柔美、昆曲幽怨缠绵。黄梅之《女附马》《长恨歌》《风尘女画家》《玉堂春》，越剧之《红楼梦》《梁祝》《西厢记》《红丝错》，昆曲之《牡丹亭》《长生殿》这些剧目，青山绿水里，楼台轩榭参差隐逸，丝竹琴瑟间，水袖青衫流光飞舞，清音曼妙，古典清雅。

“你可知那海水因何红似胭脂酒，那是你点点血泪和着汗水日夜流；你可知那海涛因何似泣如诉，那是你声声呼唤伴着海风声悠悠。”一曲《海滩别》荡气回肠，催人泪下。在岁月风尘里久别重逢，谁能将衷情诉尽？也许这位传奇的画家，早已将悲欢离合看透，只愿能与知心的人，同饮一杯爱的美酒。

“眼前就是旧时景，回忆往事喜又惊。她曾经梅花透露春消息，我竟是泥塑木雕不知音”。梁祝二人同窗三载，促膝并肩。三年后碧草依旧青青，桃花依旧盛开，而相爱的人儿，只能化蝶永相随了。蝴蝶，虽飞不过沧海，但总可以飞过心灵的鹊桥吧？

“原来姹紫嫣红开遍，似这般都付与断井颓垣。良辰美景奈何天，赏心乐事谁家院？朝飞暮卷，云霞翠轩，雨丝风片，烟波画船。锦屏人忒看的这韶光贱。”《牡丹亭》里杜丽娘和柳梦梅，三生情缘种在梦里，种在眉头心上。可谓“情不知何所起，一往而深”。但愿相思莫相负，不在梅边在柳边。

青青子衿，悠悠我心。古往今来，人心究竟是什么？是柴米油盐，还是天涯明月？是在歌楼上、客舟中、还是倚卧僧庐下？是枯藤老树昏鸦，还是小桥流水人家？是春风得意马蹄急，还是素衣莫起风尘叹？谁不曾小楼一夜春雨，明朝深巷杏花；谁不曾红楼隔雨相望，珠箔飘灯独归。

青青子佩，悠悠我思。白露时节，站在“诗经”的水泽，我发现千年之后的烟雨，几乎化作一片苍茫，再不见那春潮带雨的野渡，绿树浓荫的池塘；再不见那冷露无声的桂花，独钓寒江的老者。千年过后，我已忘记，清辉玉臂的寒冷，也忘记了，朝朝暮暮的长久。

也许，尘世里最美丽的，也是最哀愁的。我曾经千里迢迢，穿过红香绿玉的霓虹，寻找一种现代古典相醪的情怀。我看见那梦寐的山水，曾经就在我的眼前，我的心里。这是怎样的美丽与哀愁——有无猜的青梅竹马，似曾相识的湖泊，是杏花春雨的江南，有一袭青衣，一竿青竹，一盏青灯，一座青山。

如今我在拥挤的红尘里，在仓皇的暮色中重拾流年。我看见光阴的花瓣，几瓣是前世，几瓣是今生，一转身，若一朵青莲开在青城。远处青山隐隐，绿水悠悠。近处落日熔金，暮云合璧。一切，宛若斜晖里脉脉的笑容，白苹洲外，渺渺的回音，那样真实，又那样不可置信，刹时间穿过群峦出岫而来。细思量，有些已不可捉摸，却偏偏伤蚀着悲喜不分的心怀。

有时，光阴的花瓣会从偶然翻开的扉页中落下，宛若昨日袖底的晚风，没有芳香，再无声息。年华旧梦逝成水中花朵，被清流濡湿的瞬间，恍惚有种初饮尘世的甘甜。我看见盛开在水里的微笑，映着我的青春与幸福，淡淡的容颜，久久的安静。

流水今日，明月前身

月色很好的晚上，四周分外静寂。清凉的月光缓缓映在窗前，月影娟娟，像一匹柔软的丝绸，轻覆在皮肤上，清凉盈盈可握。

夜渐深，渐静，此时月在中天，愈发圆润清亮。窗外的天空，直如一片深静幽蓝的海。如此安静、美好的月夜，真让人不舍拉上窗帘，只想关了灯，就这样静静坐着，浸在银雾一样的月光里，什么也不想，只仰头静静看月。看月亮鲜明的眉，看月亮莹洁的美——原来，月亮也有一张安静的脸。

一轮圆月耀天心，照得人心里直如秋水一样明净。那无边的空阔辽远，让人格外清醒，无眠。

这时候，喜欢读苏轼的《记承天寺夜游》："元丰六年十月十二日夜，解衣欲睡，月色入户，欣然起行。念无与为乐者，遂至承天寺寻张怀民。怀民亦未寝，相与步于中庭。庭下如积水空明，水中藻荇交横，盖竹柏影也。何夜无月？何处无竹柏？但少闲人如吾两人者耳。"

原来好文章，大多这般惜墨如金，是情性所至，妙不自寻的。只寥寥数语，即渲染出一幅月光澄碧、竹影斑驳、幽静迷人的画面。想象着千年之前的那个月夜，月光如水如银，洒落中庭，一片清辉，好似积水空潭一般。更妙的是，空明之中还有竹柏之影，仿佛藻荇参差，直如仙境一般了。

何夜无月，何处无竹柏，只是那个夜晚，除了他与张怀民，还有谁能有此雅致闲情，共此月朗风清？时苏轼因“乌台诗案”被贬谪至黄州任团练副使，寄身于临皋亭，不得签书公事，恍惚已经四载。无非就东坡，筑雪堂，游赤壁，是个彻头彻尾的闲人。而张怀民，元丰六年也被贬官至黄州，寓居承天寺，与苏轼相交甚笃。在这样的月明之夜，两个因月光朗照而不眠的闲人，一起在院子中间散步，身形逶迤清瘦，与竹、与柏幻影交叠，清淡空明。这样的安静，这样相逢与相知，恰似一客荷樵，一客听琴，尽在高山流水之间。

这时候，我也喜欢读司空图的《二十四诗品》。那么多精彩绝伦的句子，雄浑的，冲淡的，旷达的，含蓄的，句句空灵蕴藉，气象万千，有一种直指人心的清美。是诗，是画，是品，是禅。是青云出岫，亦是水流花开。是本无一物，亦是如是我闻。

关于月的诗句，我极喜欢“洗炼”里的这句：流水今日，明月前身。字字银碗盛雪，每每读着，刹那间似有“身如琉璃，内外明澈”之感。仿佛有一种无量的悲欣交集，汩汩而来，向心而生，是采采的流水，是皎皎的明月，是蓬蓬的远春……

今日犹当下，前身犹前生。今日如流水般洁净，皆因纯静皎洁的明月，是吾前身也。

这是否昭示着一种灵魂之上的隽永或明澈，以及生命深处的无言与清凉？你看，江天一色无纤尘，皎皎空中孤月轮，如矿出金，如铅出银，但不知江畔何人初见月，江月何年初照人？只是，在这样一个澄静明阔的世界里，你的心，是否已被月光融化，感知到一种清澈高远，一种地老天荒的气息？若如此，那么流水与明月，今日与前身，海角与天涯，又有什么区别与不同呢？而今生抑或前世，那千年之外，千江之内，何时无流水？何夜无月明？何处无竹柏？何方无闲人？

青天有月，月色如莲。我相信一切美好的事物，所有美好的灵魂，都会在月光下一次次相遇，或重逢。

正如弘一法师所言："问余何适，廓而忘言，华枝春满，天心月圆。"想来终是要明白，这人世的繁华万象，终是"执象而求，咫尺千里"，明明近在咫尺，触手可及，却又远在千里，执求不得。我将到哪里去安身呢？前路广阔，我无言以对。但只见春满花开，皓月当空，一片宁静安详，那就是我的归处啊！

人生在世，每个人都是独行客。只是不必在意一时的孤单，万物皆是我友。天心即是人心，人心即是我心，我心即是禅心，禅心无所不在，又无时不在。春天正开的花，可以是我；夏夜闪烁的流萤，可以是我；秋后遍落的叶，可以是我；冬来苍茫的大雪，也可以是我；闲云野鹤可以是我；蜉蝣蝼蚁可以是我；雪泥飞鸿、松石流泉，可以是我；烟火人间、布衣蔬食，也可以是我……

相信万物美好，我在其中。红尘即我，我即红尘。相信总有一种悲欣交集，就在春满的花枝，就在天心的月圆。总有一种成长懂得，是今日的慈悲喜舍，是早悟兰因的前身，是拈花一笑的刹那，或永恒……

流水今日，明月前身。今夜，明月皎皎照我窗。

石头记

我对石头有一种特别的喜欢。在我的感觉里，每一块石头，都有一种含蓄深沉的美，一颗静默恒久的心。每一次与石头两两相望，我的眼底总是湿润一片。

在报上看到裕丰花市石博会的消息，于我是个莫大的吸引。趁着午后闲暇，一路穿过薄薄秋阳，和满城桂子的芳香，去赴一场倾心的相遇。

这是一条熟悉的街巷，我来过很多次。今天这里成了石头的天下，石头的家园。它们来自天南海北，琳琅满目，高低错落。随处可见的灵璧石、紫金石、景纹石等，简直千姿百态，让人目不暇接了。大型的奇特山石，森森然如关东大汉，大多挺立在宽阔的草坪上，赫赫在目，气象万千；小件的精致盆景，则姣姣兮如小家碧玉，端放于展厅的楼上楼下，更是别具一格，栩栩如生。大厅里人来人往，人影是移动的，石头是静止的。我徘徊在一些青色的灵璧石前，眼神留连于一块块石头之间，不禁心生恍惚：

今朝是初相识，还是久别重逢？

它，静静守着前世今生的城池，你念，或者不念，它就在那里，不来不去；你见，或者不见，它就在那里，不悲不喜。可我终究要来相见的，我无法拒绝发自内心的喜欢，更不想错过这一期一会的缘分。今生今世，滚滚红尘，有几次倾心的交谈，和倾心的相遇呢？每一块石头，也不再是石头，它们造化天然，惟妙惟肖，静立于精雕细镂的红木座上，成了一幅幅立体的画，呈现出别样的意境。那一块晓月形灵璧石云水相映，鲜莹明洁，仿若西施浣纱；这一块墨玉色灵璧石玲珑有致，形神兼备，又如昭君出塞；一对亲密无间、两情依依的，取名鸳鸯戏水；一只祥云相绕、展翅欲飞的，寓意有凤来仪；这一方古琴形卧石朴而不拙，似有高山流水的音韵潺潺流出；那一尊烟灰色山石天然敦厚，如樵夫隐者，让人想起上古《诗经》的风雅……更有一块灵璧石，其形天成，其质坚铮，刀体饱满阔大，配上木柄、底座等装饰，一眼看去酷似关公的青龙偃月刀，其鬼斧神工气势磅礴，堪称一绝。

我爱上一块碧色的石头，它通体碧绿，宛如一池悠悠春水，碧波荡漾，芳草绵延，我静静看着，内心欢喜无言。还有一面椭圆的“海上生明月”，意境好，名字更好，我一下子被这诗情画意所击中——海上生明月，天涯共此时，是谁赋予它如此动人的名字呀？此石可谓浑然天成，难得一见的清丽之石，让人不由想起举杯邀月的李白，望月怀远的张九龄，想起“但愿人长久，千里共婵娟”，想起“雁字回时，月满西楼”。只见清光可鉴的石面上，江天一色，江流宛转，明月共潮而生，又恰似张若虚笔下“春江花月夜”的情景再现。

忽然懂得这感觉，于我是多么美好。这一刻，我的心被一块石头深深打动，我快要滴下欢喜的泪了。

也许这种喜欢本身，也如一块石头，安睡在时间的河床上，秋水一样明净，秋阳一样温暖。这一刻，这一刹那，于石头不过沧海一粟，于我却是瞬息永恒。因为石头一直在那里，一直在时间的旷野里，不生不灭，而吾生却须臾无所住，直如梦幻泡影。在开始懂得人生的一些刻骨铭心、一些生命的无常之后，或者说懂得有一种短暂和孤独，有一种虚无和缥缈，与生俱来如露如电之后，我更加需要怀揣一块石头的执着坚定，一块石头的安静温暖，一块石头的沉实圆融了。若能做一块干净的石头，住在山林之中，与丘壑烟霞为邻，与明月松涛为友，倒也不失为一桩赏心事。纵是误入红尘，立于人影幢幢处，也是带着自己独有的姓氏和血型，天生的禀赋及灵性。

我是这样爱着石头的前世今生，爱着一些与石头有关的故事。我喜欢与一块块石头默默对话，听它的浪涛层层叠叠，看它的天际云卷云舒。我喜欢其有棱有角、特立独行的性情，也喜欢其光滑圆润、自在安稳的模样，还有那一页页沧海桑田，一页页世事变幻，史诗一样风云际会，沉淀在其身体内层，幻化出夺目的纹理。它，与鸿蒙万物心灵相通，是天地初开的见证，让我想起我们远古的先民，茹毛饮血，刀耕火种，以石刀石铲的方式，创造了一个永恒的石器时代，文明的雏形由此诞生。渐渐地，山下的河岸边开始响起坎坎伐檀之声，《诗经》自此源远流长，代代相传……我想起小时候，有关女娲炼五彩石补天、美猴王破仙石横空出世这类古老的神话，总是百看不厌；想起在泰山之颠，有块石头上书“虫二”两字，待知其意为“风月无边”之际，不由会心一笑；想起宋时米颠爱石成痴，见奇石便“呼为兄弟”，三拜九叩，后历代画家尝作《米颠拜石图》，记此风雅。更有一部《红楼梦》，不就是一块石头的警幻传奇吗？都道是金玉良缘，俺只念木石前盟，今生一往情深的注定，俱是打前世而来的贪恋痴嗔。

记忆里，有首歌是遗世独立的。我说的是达明一派的《石头记》。“看遍了冷冷清风吹飘雪，渐厚，鞋踏破路湿透。再看遍远远青山吹飞絮，弱柳，曾独醉病消瘦……”当空灵的乐音渺如风雪一样席卷而来，带给我一种琉璃般的透彻与清醒。这样的乐音，令我想起《红楼梦》里那一幕幕的爱怨痴缠，想起那雪野的尽头，好一片白茫茫大地真干净。喜欢独自一人静静听着，感觉有一种说不出的好。

这样的细枝末节，有时也发生在我的日常生活里。这些年，我习惯进一个石饰品专卖店看看。只因它有个极美的名字：石头记。我喜欢在那里，寻找或遇见我喜爱的石头，我愿意带着与自己有缘的那块石头，欢喜地回家。从此，一日日与之默然相爱，寂静欢喜。从此，一年年不离不弃，步步生莲。

也许在时间的长河里，遇见一块沉默的石头，就是遇见一朵婆娑的莲花。因为，石头是无声的佛陀，在石头的内心深处，一定盛开着我所看不见的莲花。

黄昏，当我走出这条熟悉的街巷，一个人回望身后的石头世界，仿佛遭遇一场美丽的相遇或别离。仿佛出来的这个自己，已经是另一个自己。这时候半壁斜阳如画，万物静好，尘世温柔。

闲处光阴易过

闲处光阴易过，是《红楼梦》里的句子。每次只要读起，都会摩挲许久。若再随意往里走，时光深处拐个弯，林荫里总丛生着苔藓、野蕨，细密而潮湿，饶有几番绿意。这种浮现于视野的青碧色，是我一直爱恋的。

深宅大院里，除了雕梁画栋，楼台轩榭的奢华，原来还有时光流年，曲径通幽的清趣。这些角落很小，装不了浮世功名，装不了困惑艰难，只承载着一些容易的事情，和美好的风景。人世之初，桃是红的柳是绿的，和风细雨，润物无声的厚德，自要生出一些锦绣来。

这种活在尘世的踏实与快乐，是与心灵契合的。这里没有沧海桑田，没有离合悲欢，没有兴衰际遇，甚至不需要当家作主，识得柴米油盐的金贵，有的只是淡淡的喜，微微的甜；有的只是闲适自在、安静从容的感觉。这大把大把的朴素清静的光阴，使人想起“人闲花落，夜静山空”的好。这样的日子，是要消遣掉半屋子的书，亦要整出满园花草树木的了。

光阴是如此易过，“如花美眷，似水流年”，美得直令黛玉坐在石头上发痴、落泪。这里面有让人迷恋的举案齐眉，是世俗庸常，是相亲相悦，是细水长流的气息，和地老天荒的味道。只是蓦然间，几年，十年，几十年……就这般小桥、流水、人家，径自走过去了，就疏落陈旧了，轻薄缥缈了。春归何处，寂寞无行路，总是都这么容易的就翻转过去。所以，当美眷遇上流年，再从和谐的琴瑟之音里，花瓣般婉转悠扬而来，这平平仄仄的韵味，这淡淡的哀愁，也许就经得起推敲了。

我常常在忙碌后的黄昏，迎面看见红透西天的斜阳，踏踏实实地落下，一边慢慢走回。沿途各种植物，芭蕉、月季、栀子、茉莉、金桔，倚窗的桂树、檐角的柿子、篱边的菊花……花花果果，枝枝叶叶，都被悉数摇落，光秃秃的皆呈现出冬天的景象。也许，这不计其数的多年生植物，本身就是生命与时光的作品。春夏秋冬，寒来暑往，时光一茬茬从叶片间摇落，日月星光一点点投影过去，都不再回来。只有清风，从狭窄的巷子里吹袭而过，不由掖紧围巾，手插口袋，便加快了脚步。窗口的灯光，一家家、一盏盏的温暖，却很是好看。

当然我最喜欢的，还是坐在阳光灿烂的午后，泡杯暖茶，拿本旧书，放盘老碟，身边晾晒着层层叠叠的被子，棉絮轻快地吸收着阳光的温暖，开始变得膨松柔软。这很容易就让人想起童年时，每逢晴好，母亲都要洗晒大量的被褥。红绸缎的被面，棉质的被里，满屋满院花团锦簇，飘拂着舒展着盛开。等太阳偏西之时，母亲铺开竹帘，戴好黄澄澄的戒指形顶箍，下被里上被面，四沿折起，把阳光的温暖铺进去，抚摸平坦，继而粗针棉线订起来。晚上的被窝，即布满阳光清甜的香味，才睡进去，就是满满的温暖。至于窗外的寒冷，与整个的童年，又有什么关系？

而后来，我才发现在无尽的光阴里，对童年的怀念，却像蒲公英的种子，穿透了心灵与世事的遥远，飞落到哪里，便在哪里没心没肺地生长，绵延不绝。想来这光阴处处，虽尽是春夏流年，尽是晚风、衰草、斜阳，可更多的还是幸福的痕迹。一直喜欢“光阴”这个词，像味中药，性温，微凉，标本兼治——试想着细焰的火舌，莲花般轻舔着瓦罐底，慢慢熬出来的滋味，揉合有草木的清香气，又呈现药物的浓郁感。在煎炙渗透的过程中，调理得生命有了几分苍老，而心性却添了成熟平和。也许活在尘世的初衷，本就是以一种踏实快乐的心情，将这些生命的记忆与收获，安心地拥入心怀。

在此冬天，如果可以抛开一切，在母亲身边好好待段时间，该是多么美好。替母亲洗晒衣裳被褥，也把阳光的温暖订进母亲的被子。夜里，可以依偎在母亲身旁，没心没肺地说话。母亲是个细致的人，总是安静地听我述说，没有倦意。

每每想到这些，内心就温软无比。眼睛湿润朦胧着，面前的屏幕，刹那间已看不清楚。老去的光阴，就这样层层叠叠将我围住，有如温暖的阳光，和颜悦色地笼罩着厚软的棉被一般。

与一场雪久别重逢

我感觉，与一场雪久别重逢，总有一种初相见的欢喜。

一个人站在窗前，看雪花纷纷扬扬，梦一样铺天盖地而来，厚厚落在屋顶，簌簌落在树梢，轻轻落在梅上，想象着远山愈发苍茫，村庄愈显宁静，那心情，总归是新鲜别致的了。

我是如此喜欢下雪的日子。一场雪的来临，总给冬日带来一段温柔时光。漫天飞舞的雪花，将平常的大街小巷，妆点成了童话世界。立在雪中，看一地洁白素净，我吸着雪独有的清气，整个人也变得纯净、悠远起来。

雪可看，可赏，可忆，可听。重逢一场雪，也是重逢一些柔软的记忆，重温一些温暖的故事。那漫天漫地的雪花，总如琼瑶碎玉一般，别样晶莹剔透，总是无比婉约轻盈，似闲庭的落花，似寻梦的蝶。这样的久别重逢，无不给人一种出乎意料的美。

记忆里第一场雪，是落在何年何月何时何地呢？是儿时初见，白雪厚厚落在窗台，心中满是按捺不住的欣喜雀跃吗？是放学回来和小伙伴堆雪人、打雪仗，边走边看雪的美丽动人吗？还是喜欢到干净无人的雪地，踩一行清晰的脚印，放飞内心的少女情怀呢？关于雪的记忆，关于最初的美好，如此清晰，又如此朦胧，那些渐行渐远的岁月与往事，原来还一直在那里，想来恍如昨日。

去访雪，带着一颗等待与随缘的心，去安静的地方，去熟悉的地方。与今冬的第一朵雪花轻轻细语，与旧年的那株梅花转角相逢。“冷处偏佳，别有根芽，不是人间富贵花”，是纳兰公子所言吧。这阙《采桑子》，是咏雪，也是咏梅花了。

去赏雪，一个人静静去赏。我喜欢在雪天，穿着厚厚的冬裙，戴上厚厚的毛线帽，静静漫步于湖畔，仰起脸，任一朵、两朵、无数朵雪花轻落到手上、睫上、唇上，冰凉而温润。雪花，是何其圣洁的一种花，唯有雪花，可以如此素色无瑕，如此矜贵自在，当你静静凝望，尘世的浮躁与喧嚣，似都已离你远去，心底唯留下一片恬静与淡然。

也喜欢一年年，一遍遍在安静的雪夜，倚在温暖的床头读雪。读一回《红楼梦》里的动人雪景，读琉璃世界白雪红梅，读芦雪庭即景联诗，读暖香坞雅制灯谜。雪一直在下，越下越厚，越丰盛，此时若不读《红楼梦》，简直是辜负这良辰美景了。

更喜欢听雪。有人说：落雪的声音，是最贴近心灵的声音，能听见的人会幸福一生。雪花纷纷扬扬，该有多少清澈的眼眸，在凝视这一幅天与地的写意画卷？该有多少宁静的心，在此刻倾听与感悟这最美的天籁之音？

听雪，也是听心。听雪的时候，心里定会开出一朵清幽的莲，一朵禅意的莲。也许真正的纯净与美好，总是修美于内，寂静欢喜，总是银碗盛雪，真水无香。

重逢一场雪，也是重逢一些人和事。与一场雪久别重逢，可以重温儿时之趣，少年之纯，流年之沉静；与一场雪久别重逢，可以感知人生之梦，心灵之暖，命运之变幻。与一场雪久别重逢，可以寻找、遇见或追忆一些灵魂相近的人。

在一场茫茫时空的雪地里，我们会遇见当年临风咏絮的谢道韫，遇见谋生也谋爱的秦淮八艳，遇见栊翠庵槛外折红梅的妙玉，身披凫靥裘怀抱梅瓶的宝琴，以及芦雪庭争联即景诗的红楼众姝……

我们也会遇见悼红轩里的雪芹先生、渌水亭边的纳兰公子、遇见西湖梦寻的张岱，更有身披大红猩猩毡斗篷的贾宝玉……他们都是一群灵魂相近的人，有真性情，有小痴好。且在历尽花柳繁华、温柔富贵之后，愈见其赤子之心，愈见其款款深情，在命运的鲜花着锦，大起大落之后，愈是大慈悲，大喜舍，愈是大清醒，大懂得。他们人生的大背景，到后来总与雪地有关，白茫茫一片大地真干净。

想象着大雪三日，好一片白茫茫大地真干净，去看雪，听雪。一个人痴痴去看，去听。看天地山川的大静大美，听滚滚红尘的成住坏空。一如张岱，拏小舟，拥毳衣炉火，独往湖心亭看雪。看湖中人鸟声俱绝，天与云、与山、与水，上下一白；看湖上影子，惟长堤一痕，湖心亭一点，与余舟一芥，舟中人两三粒而已——独往湖心亭看雪，看的，是一个遗世独立的自己，一种苍茫寥远的诗意。是大雪三日，暗合了他心底的那份清幽寂寥，叩醒了灵魂深处的深远与痴绝。唯有大雪三日，能与他的孤怀雅兴相映照，相成全，让他相遇萍水相逢的知己，在湖心亭上对坐，拥炉火，饮热酒，多少前尘往事，纵是烈火烹油，终是风烟俱净。

与一场雪久别重逢，总有一种初相见的欢喜，更是一种终无言的懂得。窗外，雪一直在下着，我在每一片洁白的因缘里，看见雪的前世今生。

辑四

坐看云起，遇见诗意的蝴蝶

要么读书，要么旅行，身体和灵魂，必须有一个在路上。
似这般行到水穷，坐看云起，似这般乡关万里，桐花无声。

一湖清澈的水，一方深刻的印

在美丽的西子湖畔，有个地方我慕名已久，那就是西泠印社。这次再去杭州，恰逢秋雨绵绵，清晨我独自撑着伞，踩着一地深秋的落叶，从苏堤至北山路，过西泠桥，来到了这方幽雅之地。

西泠印社，创建于清光绪三十年（1904年），由浙派篆刻家丁辅之、王福庵、吴隐、叶为铭发起创建。社址位于西湖孤山南麓，东至白堤，西近西泠桥，北邻里西湖，南接外西湖。其建筑不似传统的纵横格局，而是居山而建，所有亭台楼阁，皆因地制宜，因山势高低而错落有致，一层叠一层，井然有序，堪称江南园林之佳作。其中摩崖凿石林立，名人墨迹触目可见。这里占湖山之胜，揽金石之华，以“保存金石，研究印学，兼及书画”为宗旨，是海内外研究金石篆刻历史最悠久、成就最高、影响最广的民间艺术团体。内建中国印学博物馆，收藏历代字画、印章多达六千余件，有“天下第一名社”的盛誉。

杭州有三西：西湖、西溪、西泠印社。可以说，西泠印社这家百年老字号，是杭州一枚极优雅的文化符号。我对西泠印社的景仰与向往，是无法用言语表达的。这是一个与孤山的清癯、与西湖的柔美浑然天成的地方。在这里，可以天天去花港观鱼，往柳浪闻莺，可以月月看雷锋夕照，听南屏晚钟，更可以年年赏曲院风荷，揽平湖秋月……其实，园子就是江南普通的园林，但绝对的静谧雅致，妙趣横生，楼台轩榭皆精巧玲珑，有曲径通幽之美。门外的西湖沿岸，游人很多，但很少有人进来。秋雨正绵绵，这一刻的西泠印社，仿佛就是属于我一个人的了。

我愿意很安静地走近莲池、竹阁、闲泉，走过鹤庐、遁庵、印廊，走上锦带桥、鸿雪径、剔藓亭，走向小盘谷、题襟馆、小龙泓洞……望一望仰贤亭、宝印山房、华严经塔，还有山川雨露图书室。这里真是大家汇集之地，处处尽显古拙之气，与诗画意象。

在这里，可以看到一方印的前世今生。从陶章到金属章，从一块普通的小石头，到琳琅满目的材质，不管是奢侈还是平淡，不管是殚精竭虑，还是性之所至，每一方印章，都彰显与成就了大师们的追求与性情。那种豪放，那种天真，那种娟秀，那种洒脱，都留下了不可能重复的艺术与美的内涵。

1918 年，李叔同在西湖旁的虎跑寺出家，出家前，他将自己常用的 94 枚印章全赠送给西泠印社，从此，弘一法师成为他的法号。西泠印社将这些印章作为文物永久收藏。这个曾庋藏印章的旧址，就在鸿雪径的小园里。鸿雪径，得名于苏东坡的诗句“人生到处知何似，应似飞鸿踏雪泥”。如今时光流转，青苔布满石壁，一如飞鸿印雪，千帆过尽，而我们的弘一法师，俨然已华枝春满，天心月圆了。

还有大师吴昌硕，当年是西泠印社首任社长，集“诗书画印”于一身，融“金石书画”为一炉。曾言：“人说我善作画，其实我的书法比画好，而我的篆刻更胜于书法”，他说他自己学习篆刻，一日有一日之境界。西泠印社成立十周年，吴昌硕亲自撰书《西泠印社记》，并镌刻成碑，一直被西泠印社视若珍宝。他和更多的大师们一起，用一枝铁笔，一方石头，把中国人几千年一脉相承的人文理想，以一种源远流长的方式，推向了艺术之峰，后人在这里登高望远时，会发现这里的天空是无限清远的，这里的文化底蕴是气象万千的。

这里山水形胜，风物英华，这里茂林掩映，楼塔参差，这里人文荟萃，名家迭出，这里海纳百川，俊采星驰，这里知己相聚，雅集天下……是西湖，辉映了它的气度，是岁月，刻写了它的风华。这里每一枚印章，都藏着一个人的心灵，而心灵都是不能复制的。于是，我们从那些古旧的印章里，看到了中国汉字的魂魄和魅力，看到了中国文人的诗意人生与家国情怀，风雨百年，沧桑百年，风雅百年。

我是真的喜欢这里，喜欢这个美丽的秋天，喜欢这个秋天幽静的书香胜地。我终于明白，那些晚清民国的大师们，为什么要在此雅集了。我一直在想，这小小的一方印章，是如何历经一代代人的守护，如何潜移默化为金石永年的文化理想呢？

再比如，观乐楼南那座汉三老石室的由来，也是一波三折，自成一段佳话。那是清咸丰二年（1852 年），“三老碑”在浙江余姚客出土，因其巨大的历史和文字研究价值，被誉为“浙江第一石”。1921 年秋天，有日本人欲以重金购买，国宝面临外流的消息传来，吴昌硕等人焦急奔走，捐献书画印谱举行义卖，发起募赎石碑的活动。最后集 60 余人之力，以 8000 银元高价赎回。为了保护珍贵文物，次年又修筑石室存放石碑，吴昌硕亲撰《汉三老石室记》以志其事。汉三老石室，整体外形仿吴越宝箧印经塔，重檐攒尖顶，顶部又是一个小型的石质宝箧印经塔，造型结构是孤例，在建筑艺术上堪称独树一帜。更使以“保存、研究、弘扬金石文化”为宗旨的西泠印社，有了与之相对应的无价之宝。

我想，这就是一种金石永年，这就是大师的胸怀，大师的品格与境界。石头是独一无二的，机缘是向心而生的，那就藏之名山，传之后世，以期高山流水，明月相照，以待有识之士，有缘之人。我想，这就是西泠的风骨，这就是西泠的气度。

这天雨一直安静地下着，我的心情是那样安静、美好。我愿意安静地停留于此，或者往曲径通幽处慢慢地徜徉。这一刻，我似乎忘记，门外就是风光旖旎的西湖，有山，有水，有寺，有塔，有莲花。

这一刻我终于懂得，一个人的心灵，无论独特还是寻常，只要踏实和安静下来，便是一湖清澈的水，更是一方深刻的印。

苏小小，你是西泠桥畔的一朵睡莲

一个秋雨绵绵的清晨，我来到西泠桥畔，来到无限的绿杨深处，只为看一个美丽的女子。她有一个美丽的名字：苏小小。

相传苏小小是南齐人，出生于钱塘殷实人家。其先祖曾在东晋朝廷为官，晋亡后举家流落到钱塘，后在此做生意，到了苏小小父母这一代，已成为当地的富商。苏小小是父母的独生女儿，所以自小被视为掌上明珠，因长得眉清目秀，玲珑娇小，就取名小小。

只是小小身世却很不幸，父母早年俱丧，只好寄住在西泠桥畔的姨母家里，后来竟沦为歌妓。但她并不随波逐流，而是洁身自爱。小小酷爱西湖山水，她将自己住屋布置得幽雅别致，迎湖开一圆窗，题名“镜阁”，题联曰“闭阁藏新月，开窗放野云”，并请人做了一辆精致的油壁香车，经常坐着车，往返于西湖的山水之间，一边欣赏美景，一边以诗会友。每当小小出行，沿路行人无不啧啧称奇，都猜不出她是何方佳人。

这个秋雨绵绵的清晨，西泠桥畔的荷已凋残，游人也很安静。我只在小小的雨里，小小的慕才亭里，读着小小的《同心歌》：“妾乘油壁车，郎骑青骢马。何处结同心？西陵松柏下。”油壁香车青骢快马，同心同结素年锦时，美丽的车，俊美的马，载着相爱的人一起奔向那爱的圣地。想来那是多么美的意境，画面里的一对恋人，揣着一份多么欢喜的心，看山，山是美的，看水，水是美的，看云，云是美的……从此后，美丽的西泠桥，便注定是小小的西泠桥了。

那位骑着青骢快马的情郎，便是当朝宰相之子阮郁。小小与阮郁邂逅相遇，一见钟情，在湖畔度过了她一生中最甜蜜美好的时光，每日不是在画舫中飞斛，游览那湖心与柳岸的风光，就是乘着油壁香车，或骑着青骢骏马，同去观望南北两峰之胜概。谁知好景不长，阮郁即被得知情况的父亲设计召回，自此之后天涯两地，音讯杳无。小小相思成疾，后又因拒绝和蔑视权贵而被陷入狱，忧郁而死，年仅十九岁便香消玉殒。临终前嘱其姨母：“我生于西泠，死于西泠，埋骨于西泠，庶不负我苏小小山水之痛。”小小死后，有个曾得到其资助百金而应试登第的书生鲍仁，专程来钱塘向小小道谢，获悉小小的死讯，抚棺痛哭不已。鲍仁后来遵照小小“埋香西泠”的遗愿，出资在西泠桥畔造墓立碑，上题“钱塘苏小小之墓”，又在墓上建慕才亭，有诗云：“湖山此地曾埋玉，花月其人可铸金。”

小小在杭州可谓家喻户晓。她是钱塘的女儿，她像西湖之水一样美好清澈。诗人袁子才曾镌一小章曰：“钱塘苏小是乡亲。”张岱在《西湖梦寻》中说苏小小“芳魂不殁，往往在花间出现”。李贺亦作《苏小小墓》诗：“幽兰露，如啼眼。无物结同心，烟花不堪剪。草如茵，松如盖。风为裳，水为佩。油壁车，夕相待。冷翠烛，劳光彩。西陵下，风吹雨。”

这个秋雨绵绵的清晨，我一个人默默撑着伞，于西泠桥畔的埋香之所，静静伫立。这深秋时节的雨，这西泠桥畔的风，让我的眼睛渐渐湿润了。被雨水打湿的碑文，看上去愈发古典青黛，字字婉约玲珑，每一个字，都像是一道爱情的暗伤，摸上去是那样潮湿、冰凉，让人有莫名的忧伤。

这一刻，我似乎读懂了爱的映山又映水，也读懂了爱的热烈与深沉，更读懂了爱的美丽与哀愁。

妾本钱塘江上住，花落花开，不管流年度。燕子衔将春色去，纱窗几阵黄梅雨。斜插犀梳云半吐，檀板轻敲，唱彻《黄金缕》。望断行云无觅处，梦回明月生南浦。

如果说“郎骑竹马来，绕床弄青梅”，是人生之初的两小无猜，那么“妾乘油壁车，郎骑青骢马”，则是豆蔻年华的一见钟情。只是一世痴情一世等待，最后换来的却是“西陵下，风吹雨”。曾经的美丽和浪漫，都被雨打风吹去，化作了心头一声低低的叹息，一缕淡淡的惆怅。

不由想起郑愁予的那首《错误》。“我打江南走过，那等在季节里的容颜如莲花的开落。东风不来，三月的柳絮不飞，你的心如小小的寂寞的城，恰若青石的街道向晚。跫音不响，三月的春帷不揭，你的心是小小的窗扉紧掩。我答答的马蹄声，是美丽的错误，我不是归人，是个过客。”

也许世间总有一种等待，终究是个美丽的错误。每个人都是时间与红尘的过客，错过前世，又误了今生——而西泠桥畔小小的等待，是我打江南走过，所遇见的，一场最凄美的等待。

一世痴情的小小，你是西泠桥畔的一朵睡莲。你像一朵纤尘不染的莲花，安静地沉睡于西泠桥畔，沉睡于西湖的山水云间，那么忧伤，那么美。我来了，你是不知的，我把脚步放得很轻很轻，唯恐惊醒了这位千年痴情的佳人，唯恐打破了这江南深处的唯美与宁静。

一世等待的小小，你像一朵遗世独立的莲花，枕着那“满身月露清凉气”的纯净，带着“不负一生爱好山水”的遗愿，安静地睡了，睡成了一个古典的梦，一种潋滟的美。一千多年来，与你相访往还的，唯有清风明月与湖光山色，唯有花开花落与春去秋来……

唯有爱与等待，依然在时光里一直醒着，永远刻骨铭心地醒着。

梦里的水乡

江南有个梦里水乡乌镇，处处小桥流水，人家尽枕河，是一幅天然水墨画卷。一个乍暖还寒的春天，我们千里迢迢，带着一种简单的向往之心，走进草长莺飞的江南，走进古色古香的乌镇。

一条条青石巷，梦一样幽深曲折，一幢幢旧木楼，诗一样古朴参差。在江南，百姓人家总是这样临水而居，过着寻常的生活。这也是我内心深处的一个梦，也许岁月有多长，它便遗落了多久。当年看电视剧《似水年华》，我曾被这里古雅秀丽的水乡、缠绵似水的爱情、如梦如幻的画面所深深陶醉。那一幕幕有关乌镇的唯美，总是萦转于内心。刘若英是我喜欢的女子，静如月，淡如菊，有一种干净质朴、清新婉约的气质。我想，我所遇见的乌镇也会如此吧。

哪怕这样的遇见，注定是个美丽的错误。

都说乌镇之美，美在一份婉转浪漫。这里有千年寂静的巷，有古意蜿蜒的路，有悠悠如绸的水，一座座石拱桥与之相互呼应，相衔相接，形成一幅徐徐展开的水墨，一天天向人们细诉着古镇的过往和不老的底蕴。如果一个烟雨蒙蒙的清晨，你来到这里，漫步于青石小巷，可能会遇见头戴蓝印花布帕，身穿蓝印花布裙的江南女子，撑着油纸伞，缓缓而行，窄巷里一个轻倩转身，只留给你一记模糊的背影。这时，你一定会心生淡淡惆怅，或淡淡欢喜吧。这记背影诗里写过，画里有过，算得上江南最古典清雅的封面了。

都说乌镇之美，亦不失一种恬淡悠闲。那鳞次栉比的黛瓦、或高或低的粉墙、斑驳陈旧的朱门、古朴风雅的茶楼，皆于小桥流水、古街老巷之间错落有致。倘若挑个雨后天晴的日子，与三五好友同来乌镇，那感觉肯定是别样的。偶尔抬头，看雕花的木窗半开半掩，看茶色的阳光散散漫漫。只这样在尘世一隅，慢慢走着，且忘掉一些过往尘埃，且思量一回前世今生，任时光缓缓流淌，任浮生如梦似幻。然后在某年某天，只记取一些素年昔时，一些宁静温暖，那么，可以说也就不虚此行了。

都说乌镇之美，更因它的厚重古朴。我向往乌镇，也是缘于茅盾先生对“水阁”的描写：“人家的后门外就是河，站在后门口可以用吊桶打水，午夜梦回，可以听得橹声欸乃，飘然而过……”从某种意义上来说，水是江南的明眸，水阁更是乌镇的灵气。先生故居就在里面一条古街上，可先生自从十几岁离开故乡，便再也没有回来过。也不知道，在他一生当中，有多少次梦回故里，又将多少个梦枕于水阁之上呢？当一个炊烟满墟的黄昏，你以一个过客的身份，走进窄窄的古巷，访过先生的故居，经过琳琅的木雕百床馆，路过药香弥漫的药铺，这时候，你的心中是怎样一番滋味？或是有月的夜晚，在小桥流水之畔且徐且行，倚着古旧的石雕斜栏，斜望摇摇晃晃的乌篷船，徜徉于桨声灯影中，心头不时浮现一些或疏或密的句子，这时候，你又会忆起什么呢？

其实，我对江南并不陌生。二十左右的年纪，我曾把大片的光阴，留在了江南的寻常陌巷。我是一直很喜欢江南的，特别是江南的水乡。在我的感觉里，江南是恍若隔世，却一直深藏于心的旧梦，是黄昏小镇，谁也载不走的那扇古老的窗。十多年前，又或者是前世，我的梦曾是那样清澈见底，十多年过去，江南一切还依旧吗，我的梦还完好如初吗？来到江南，一路上我便无端地陷进往事里。想起那时，我年华正好，却也多愁善感，想起那时桐花万里，偏不容人细细思量。只是事隔多年，这些早已不再与我有关了。我知道，如今的江南已是杨柳依依，游人如织，而每一个人，都是尘世里寻梦的人，每一个人，都成了失魂落魄的过客。每个人脸上，都写着几许浅浅的失落，几许莫可名状的怅然。我们来到这里，只能在蓝天白云之下，在人影婆娑之中，演绎一个个美丽的错误了。

其实，这个阳光暖暖的午后，我的内心没有忧伤什么，也没有追忆什么。我来到这里，终是看到了枕水人家，看到了林家铺子，看到了蓝印花布，看到了古花戏楼，看到了晴耕雨读。我懂得，整个的烟雨江南，无数的江南古镇，只是封存于我心的别样的情怀。那旧去的韶华已经如梦如水，那岸上的少年早就远在天涯，如今，我只愿在我的尘世里，过一份欢喜寂静的岁月。我，终归是个幸福的女子。

我和朋友结伴而行，走在青石板的巷弄中。只见两旁木楼人家，尽显人间烟火气息。檐前屋角，矮矮的栅栏，芳草萋萋掩映其中，点缀着细水长流的生活。再往里看，室内陈设清晰可见，青砖的地面透着清亮的光泽，紫砂壶内，袅袅升腾着幽幽茶香。乌镇的老人，大都坐在藤椅里，或下棋或闲谈，那份淡定安逸，分明是一种骨子里沁出来的风雅呀。

也有人家开起三两店铺，摆上几包麦芽糖，几盒姑嫂饼。包装都是素蓝雅致的，透着江南的清新婉约之气。几位阿婆斜倚在木栅边，向游客介绍当地的特产。她们总是那样和颜悦色，轻声细语，你买与不买，她们都很欢喜，都很随和。或者就索性站在阿婆身旁，看她蒸几屉青团，再小尝两口。巷子两边，春已暖花正开，而我仿如一个远方归来的女儿，一个让她思念，让她爱怜的女儿。一个住有阿婆的乌镇，是我眷恋的乌镇，是我不舍的乌镇。这样的乌镇，也自有一份质朴柔软的底子，一种亲切温暖的气质了。想起《似水年华》里那个女子说：“不管人事怎么变迁，乌镇永远是乌镇，在江南水乡最美的一隅，那么温润，如黄昏的一帘幽梦，又如晨光中一树摇曳的蔷薇……”

那一天，我们在乌镇不曾停留多久。离开的时候，我看见身后满天斜阳，正默默注视着渐行渐远的人们。春天的黄昏真是很美，仿佛一种别样的乡愁，刹那间笼罩在心头，逶迤不止，宁静如画。

走进六尺巷

我是带着一种寻寻觅觅的心情，走进六尺巷的。虽说很早就知道，六尺巷不过一条寻常陌巷，可我又分明感觉它是与众不同的，只是从未走近它。一个仲夏的上午，我和朋友从相邻的城市来到这里，只为寻访这条古远的老巷。

六尺巷，位于安徽省桐城市区西后街与五亩园之间，东起西后街巷，西抵百子堂，巷南为宰相府，巷北为吴氏宅。三百年前，老宰相张英居宅旁有隙地，与吴氏邻，吴氏越用之。张家人驰书于都，公批诗于后寄归："一纸书来只为墙，让他三尺又何妨。长城万里今犹在，不见当年秦始皇。"家人得书，遂退让三尺，吴氏闻之感其义，亦退让三尺，从此，六尺巷在桐城传为美谈。

坐车拐过两条老街，没多久便来到六尺巷边。我站在巷子一端，轻轻摩挲着一块雕有张英手书回信的太湖石，只见石上阳光烁烁，石畔芳草萋萋，我默读着这些熟悉的诗句，这种沉淀在诗行里的胸襟气度，让人顿生钦佩之心，时光仿如回到当年的场景了。再往前几步，映入眼底的就是当年这条巷子，青灰色的旧式砖墙，黑褐色鹅卵石的路面，给人一种古色古香的感觉。几百年风风雨雨穿巷而过，扑面而来的，尽是一些前朝往事的声音。两边倚墙而植的香樟树，青翠而葱茏，高高地掩映在檐角巷头，使古老的巷子愈显清幽深邃。偶有三三两两的行人打巷子里走过，或轻言细语，或身影绰约，仿佛老电影里一些耐人寻味的镜头，让人内心产生一种莫名的回想。

我与朋友漫步在六尺巷中。此时巷内安静极了，除了我们，再也没有其他游人，我们从刻有“懿德流芳”牌坊的这头，向巷子的另一头走去。两边的高墙静寂无言，小巷深处岁月静好，只有树影婆娑，只有阳光轻柔地从浓荫的缝隙处洒下来，有的浮动在空气中，有的横斜在墙壁上，有的飘落在我们的发梢，我们的肩头。风是安静的，阳光是安静的，我们行走的脚步也是安静的。感觉这样的安静，是直抵人心的，让如你、如我这样的过客，仿佛迷失于一种时光的内蕴里。

我是真的喜欢上这里的安静了。巷子不过六尺之宽，时光倏忽百年之远，只感觉恍如走在一些历史深处。我一遍遍用手指抚摸着青砖灰墙，在砖墙的方寸之间，我忽然感知到了老巷身体内部的呼吸，和古老的温度。不知有多少人来过，又离开，树木还是这样生长，风雨也还是一样的稠密，多少年过去了，阳光还是这样斑驳，巷子还是如此幽长。一直以来，它大隐于市，庄重里透着拙朴，简单里存有厚重，仿佛一条闹市之外的精神画廊，在岁月的沁润下，呈现出一种沉实大雅，一种淡泊致远的气韵。只要你走近它，便会陷进一种凝思与感怀里。你会发现，任凭岁月如何变幻，世事如何变迁，那些老去的故事，却一直在这里，温润如玉，缄默如诗，等着人们打开积满时光的书页，用心细细阅读和感悟。

出得巷口，是另一座高大的牌坊，上书“礼让”二字。我们在牌坊下久久伫立，回身凝望刚刚走过的这粉墙黛瓦，古意悠悠的长巷，竟不舍离去。礼让，这是一个高贵优雅的词，代表一种修身处世的高格。都说：礼让是金，让则不争，只是人生碌碌在世，营营役役者有之，竞短论长者有之，到后来，才明白得失却是难量的。有时候进一步，就会山穷水尽，而退一步却是海阔天空。

朋友说起，当年张英之子张廷玉，才学渊博过人，为人沉稳温厚，官至保和殿大学士，亲历康雍乾盛世，半个世纪宝刀不老，为两千年封建官场所罕见，死后配享太庙。而终清一代，汉大臣配享太庙者唯张廷玉一人。有一年，张廷玉的儿子参加殿试，雍正阅至第五卷时，发现该卷字画上佳，文精意绝，便欣然拔置探花（一甲第三名），在场大臣皆称公允得当。及至拆卷，方知是张廷玉之子张若霭。张廷玉得悉，立即奏请皇上另选他人。但雍正明确宣布，朕秉公选才，并非知晓是官员之子而有意甄拔。可张廷玉仍再三恳辞，并说：“普天之下，人才众多，而殿试三年一次，天下士子都望登上鼎甲之榜。臣已身居高位，子若再登一甲三名，挤天下寒士进阶之途，心实难安。”皇上深感其义，遂降其子为三甲第一名。这就是名扬京城、事载史册的“张廷玉让探花”的故事。

桐城有个传统小吃朝笏，也是和老宰相有关的。这朝笏，是种用面粉做的形似朝笏的面饼。古时大臣上朝，均手持着狭长形的象牙板子用以记事，称为朝笏，又称圭简、朝简、朝板。当年老宰相父子回乡，城中百姓夹道相迎，并别出心裁地将面饼烤制成朝笏状，让老宰相收下。老宰相深知乡民的良苦用心，是希望他在朝为官，能体察民间疾苦，并为民多谋福利。从此，朝笏成为桐城的传统名点之一。刚出炉的朝笏，嫩黄松软，香脆可口，如若夹上油条之类，口感更佳，在六尺巷的转角处，即可遇见这样的招牌小吃。这些来自历史和民间的传承，已经成为六尺巷不可或缺的记忆。

走过六尺巷，我懂得人生里有一种境界，叫礼让。礼让三尺，可以化干戈为玉帛，也可以柳暗而花明。也许，只要大方地退一步，则人间处处都是六尺巷了吧。

一个人的山水琅琊

世间有些山，是因文而名的。

我相信，去过滁州的人，不得不承认，琅琊山只属于一个人。这个人，自然就是欧阳修了。他以一篇《醉翁亭记》，赋予琅琊山千古峥嵘的生命。有些文字，真正具有根须的力量，令一座山峰从此在文化的土壤中开花结果，生生不息，且绵延在漫长岁月里，越发葱茏，蔚然而深秀。

我们一行去琅琊时，是在秋天。走在琅琊古道上，心情静谧而温暖。两旁古树参天，引人入胜。透过有些落过叶的枝头，能望见秋日的晴空格外高远，有无垠的蔚蓝。我漫步树丛之间，看如斯美景，心头不由默诵一段句子：环滁皆山也。其西南诸峰，林壑尤美……

就这样山行六七里，我们来到让泉。水很清浅玲珑，只有尺许。唯一泓清泉自石隙里涓涓而出。正所谓：泉漱山根玉有声。大家纷纷捧饮，感受让泉的清澈与甘甜。久居闹市，很久没有看到这么灵秀、可亲的水质。我也弯腰掬起一捧水，水从指缝间绸带般缕缕滑过，十分清莹。人沾了水的灵气，心情即刻温柔起来。这时候的人心，很容易得到满足与浸润。

穿过让泉继续前行，在一个峰回路转处，有亭翼然临于泉上者，便是这座千古名亭——醉翁亭。这座亭简单大气、稳重古朴，恰似欧阳公的文章，笔法凝练，意高境雅，一派昔日主人的风骨。虽然过了千年，醉翁亭依然是琅琊山内在的灵魂。它使琅琊的山水，永远蕴藉着诗香与酒香。

遥想当年，欧阳公便是汲此让泉之水，在醉翁亭畔酿泉为酒，和众人一起觥筹交错，醉乎其间。待酒宴酣乐时，遂以山间朝暮为宣纸，以山肴野蔌为闲趣，作赋吟诗，你上句，我下句，信手拈来，不过小菜一碟，何其快哉！这一唱一和，此起彼伏，众宾皆乐的场景，让往来不绝的游人，无不驻足，流连称羡。

我也是千年之后，一个临渊羡渔的人。来到这里，发现桃源并不在世外，却在此临溪而渔之处，酿泉为酒之乡。山还是这座山，溪深而鱼肥；水也还是这道水，泉香而酒洌。在山水的映照里，仅三百多米高的琅琊山，有过一篇《醉翁亭记》已经足够。

记得亭柱之上有一联："人生百年，把几多风月琴樽，等闲抛却；是翁千古，问尔许英雄豪杰，哪个醒来。"当年，欧阳修因一篇声援范仲淹的文章《朋党论》得罪权贵，惹下祸端，从京城贬至滁州。一到这里，他就认识了琅琊寺住持智仙，并很快结成知音。为便于游玩，智仙在山麓建造小亭一座，欧阳修亲为作记，“醉翁亭”因此闻名遐迩。

山水与人文是相互成全，相得益彰的。经过时光的沉淀与勾勒，斯山、斯亭、斯人，都早已有了“横看成岭侧成峰”的丰富底蕴。沿路的石刻上，时见历代文人墨客留下的手迹，在久经风雨侵蚀过后，仍飘逸逶迤，清晰可辨。特别是那幅人称欧文苏字的《醉翁亭记》，整篇文章纵横驰骋，字形从小到大，由远及近地嵌在摩崖之上，望之令人击节赞叹。东坡的书法流水行云，端庄豪放，让人叹为观止。而周边岩石巍峨林立，气象万千，无不层层叠叠地记载着琅琊山的前世，我们却来不及细细读起，或揣摩。

走到古梅亭的时候，这种前世今生的感觉，愈发清晰疏朗一些了。导游说，这株梅是白梅，相传当年是欧阳公亲手所植，故名欧梅。每年花开时一树银妆素裹，满院暗香浮动。古梅如古画，有千年的静气，与之对视，足可抚慰心灵。我素来爱梅，爱梅的横斜遒劲，爱梅的古色古香，爱梅的冰雪品格。千百年来，多少人与之心有灵犀，透过它来感知“石门有雪，松壑凝烟”的意境。而眼下正是秋天，梅叶已落尽，而花未含苞，我们是来得不巧了。然而世间之事，不都大多如此吗？

绕梅亭而过，向西拾级而上，正是曲径通幽处。四周墙缝里，秋后的苔痕斑驳苍绿，有天然的野趣。青砖垒就的池塘中，几朵睡莲正静静绽放于水上，让人心生怜爱。而更多的墙壁，在青藤稠密的覆盖下，已经看不见了。藤堪称丹青妙手，落笔处皆生悠悠古意。我在“意在亭”的石桌旁坐下，看眼前的参差景物，无不呈现着诗的凝重与审美。亭前是几道曲水，想当年文人雅士们在此“曲水流觞”，一觞一咏，畅叙幽情，何其的文采风流。泉水在此九曲八回，文人们将盛了酒的觞放在溪中，任其顺流而下，经过弯弯曲曲的溪流，停在谁前面，谁即取饮，此情此景，好不惬意！席间，不乏能诗擅画的高人，也不乏通晓音律的雅客。酒无非是个楔子，就像好戏开场之前的锣鼓。而主角们，自有一番唱练做打的功夫。暂且抛却浮名，只浅斟低唱，又有何妨？

有句话叫：“腹有诗书气自华。”我想，如果只囿于八股经纶之内，纸上谈兵闭门造车，天长日久，再多的华彩也会黯然失色的。人的灵魂，只有寄情山水，回归自然，心中的诗书，方才有了劲道滋味，有了用武之地，从而坐拥自己的精神家园。古人是真正做到了这一点。

而眼前曲水池里，水已干涸，古人不再。那远古遗风，那锦绣诗书，真正像一口老井，落在了庭院深深的地方。今天还有谁能出口成章，笔端蕴秀呢？当下的曲水，分明已是知交半零落的境地。

好在，醉翁是有知己的。人生得一知己，可以不恨。一句“醉翁之意不在酒”，一下子道出了生命的真谛。眼前的琅琊山，只属于他们。在此悠悠天地间，山水之乐，永远不会让人失望，也没有古今之分，他们知道，我们是冲着什么而来的。可我们，不过是红尘之中的匆匆过客，不过是走马观花，无法探古访幽。或者说，我们根本没有一份闲云野鹤的自在。没有了一份本真的静气与底蕴，又如何能够循着山水之道，回到心灵的原乡？纵然长亭连着短亭，一片古老幽静，而我们在山中盘桓半日，到底只能借着级级石阶，在黄昏时默默下山。

这时候晚风簌簌，古道上的秋意，俨然有些深了。我与朋友轻挽着手，不紧不慢地走着。随处可见的藤萝，像一首首古诗，静寂地遗落于古树之间。更高的幽静处，或有钟声隐隐自山巅古寺传来。而我们，已经走出了这片清凉世界，山路上，落叶愈加纷纷。

试问谪仙何处，青山外远烟碧

长江，是一条用诗歌结绳记事的河流。在这种记事方式里，我们可以舍弃半个江南，或者整个江北。然而，一千多年来，有个人、有个地方却永远例外——他是诗仙李白，这个地方名叫采石矶。

采石矶，地处马鞍山市西南五公里处的翠螺山麓，古称“牛渚矶”。当万里长江，从遥远的唐古拉山麓一路奔涌，过四川，穿三峡，到这里终于放缓脚步，收敛了浩浩荡荡的霸气，要歇一会了。因为这里有块千仞巨石绝壁凌空，突兀江中，扼据大江要冲，很是壮观。采石矶，素有“千古一秀”之誉。与岳阳城陵矶、南京燕子矶，合称“长江三矶”。又因“奇险雄秀，古迹众多”，名列三矶之首。此处水流湍急，地势险要，自古为兵家必争之地。

在采石镇下车，穿过一道古老的牌坊，经过徽派的唐贤街，走上锁溪桥，采石矶就在眼前了。首先看到的是太白楼。只是太白楼正在修葺，我们没有上去。其实到了这里，不用寻寻觅觅，也不用登临怀古，只需拾级而上，我们便会与诗人相遇。我们正走向一座神奇的山峰，一座后人无法逾越的诗的山峰。一路上，随遇的一块块青石，也许都是诗人曾经踏过的。每一个景点，都是一桩关于诗的传说：蛾眉亭、赏咏亭、捉月亭、观澜亭、三元洞、古栈道、衣冠冢等，这一连串透着古意的名字，总令人陷进一种莫名的感怀里。

一千多年前，我们的李白乘一叶轻舟，自上游而来，多次登临采石矶，纵酒放歌，留下了许多不朽篇章。他留恋这里的山水，并在此度过了贫困的晚年。因为他，采石矶的千古名声绝不仅仅是过往的刀光剑影、铁索征帆，更渲染了诗的色彩与神韵。

步至然犀亭，只见江风徐徐，眼界开阔，有一种“极目楚天舒”的气象。可以想象青年李白第一次来到这里，当是豪情满腔的。在一个晴朗的日子，面对万丈晨曦，锦绣山河，随即吟成那首《望天门山》：“天门中断楚江开，碧水东流至此回。两岸青山相对出，孤帆一片日边来。”

这是何等波澜壮阔、大气磅礴的诗画意境。诗人余光中说得好：“酒入豪肠，七分酿成了月光，余下的三分啸成剑气。绣口一吐就半个盛唐。”这是一个诗人，对另一个诗人无上的赞美。开元盛世，人才济济，只有他卓尔不群，狂傲不羁。试想，没有他的李唐岁月，没有他的泱泱大江，该如何做丰富的畅想？

书生本是狂狷客，是真名士自风流。在中国，有这样一部分文人，骨子里天生有股狂狷之气，这种狂狷的品质，是值得一提的。但并非每个人都有这份傲气的底子，有这般出于生命意识的张扬个性。因而千古风流的文人，大多是狂士，比如庄周、嵇康、陶渊明，比如谢灵运、徐文长、郑板桥……

李白，正是大唐的一个狂狷人物。他“少时好任侠，且喜纵横”，有种与生俱来的狂放不羁。可浪漫主义与现实主义之间，注定是矛盾关系。他是有一番雄心大志的，因此，他的一生，总是介于出世入世之间。他有儒家积极入世的追求，又有浪迹山水，自由放纵的道家风骨。本质上，他的思想基础是孔孟之道占了上风，从而欲匡扶天下。但又天真浪漫，无廊庙之才，他向往仕途，又蔑视皇权。当年唐玄宗召见他不过是供奉翰林，点缀太平，他却以为要施展伟大抱负了，于是大呼：“仰天大笑出门去，我辈岂是蓬蒿人！”诗人必须断了仕途的念想，可他不懂得放下，这是李白性格中的悲剧。

无奈世事难如蜀道。“安史之乱”期间，李白已进入人生的暮年。当李光弼东镇临淮时，他不顾花甲之年，仍闻讯前往请缨杀敌，希望在垂暮之际，为挽救国家危亡尽力，却因病中途返回。他的一生，注定只是一个书剑飘零，浪迹江湖的天才诗人。

经过几番周折，再次来到采石矶时，李白老了，青莲居士老了，这位才华横溢的诗人，这位我们在青梅竹马的年纪便认识的诗人，老了，月光也老了，落在一练江水之中。一千多年前采石矶的月光，是诗，是酒，是一种仙境。只有诗人可以捉住明月，或者说，诗人一辈子总是经不住月光的诱惑。他，终于跳江捉月而去。他是酒中仙，月中仙，更是诗中仙。

纵然诗里的月光，和月光下的诗，从来都是孤独的。而在江天水月之中，哪一个心灵，不是孤独的呢？但又是心意相通的，千年之前的秋，与今日的秋，本质上也没有什么不同。一样的落木萧萧，一样的千帆过尽。一样有千载悠悠的孤寂，从江面上白云一般升起。

君且看，孟浩然、刘禹锡、白居易来了。王安石、苏东坡、梅尧臣来了。陆游、欧阳修、汤显祖来了。这里到处有诗在回响，到处飘拂着诗人的青衫。这里落霞与孤鹜齐飞，秋水共长天一色。这里有一首首千古绝唱，惊涛拍岸荡气回肠。千古采石矶，俨然是一座诗的化石。这一江清流，永远激荡着千年的诗魂。

站在三台阁上，江风很大。只见廊外江水澹澹，映着几点青螺，逐梦似的，从山的背面奔流而去。秋天的江水，很浊很浅，褪出了一大片潮湿的江滩。对面的江心洲上，千百户人家，皆笼罩在蒙蒙秋雾里。不禁想起前人说的“行到水穷，坐看云起”的感觉。阁中画廊上，一首《夜泊牛渚怀古》，是李白当年在采石矶头写下的名篇：“牛渚西江夜，青天无片云。登舟望秋月，空忆谢将军。余亦能高咏，斯人不可闻。明朝挂帆去，枫叶落纷纷。”

就在不远处，有座青山，那里是李白的长眠之地。他生前既爱青山风景，又仰慕谢公品格。这样一个骨格狂狷之人，却一生低首谢宣城。“宅近青山同谢朓，与之结为异代芳邻”，这是他千年的夙愿，他要回到这里，回归一种性情人生。

试问谪仙何处？青山外，远烟碧。

在塔川，与一棵树相爱相亲

霜降过后，我们愿意带着一种经年的思念，沿着逶迤的公路，一路向南远行。去梦里徽州，去皖南塔川，看一片宁静的秋山，看一棵棵长在秋天的树。

去塔川的那个清晨，适逢雨后初晴的天气。我们从黟县县城出发，到宏村再往里走，不过两公里平缓的山路，塔川便近在眼前了。一路上，秋山秋水皆是明净如妆，那是一种山水相映、年年如是的深秋之美，是一幅水远山长的画卷，连绵起伏在眼帘，在心底。

关于秋天，我想我只记得塔川的湖水、晨雾和阳光。

车行没多远，我远远看到一处湖泊，后来才知这就是奇墅湖。这个时节，湖水已渐渐清浅，形成一个个独立的水面，晨雾氤氲其间，幻如仙境。清亮的阳光，照射在两边金色的田野上，似有若无地透过车窗，映照着我们的脸颊。车越往深处，群山愈是连绵起伏，山上的色彩愈是丰富起来，由绿色，渐变为橙色，再变为明亮的黄，鲜艳的红。薄薄的雾气笼罩在林间，更有粉墙黛瓦的村落，如同一座座美丽的小桃源，在山水间若隐若现，有水墨画一般的美。

关于秋天，我想我只记得，塔川的那些葳蕤的大树。

就在村口，我们与一棵棵古树久别重逢。这一棵棵几十年、几百年的乡间老树中，有香樟，有榧树，有枫香，有乌桕，这里便是著名的“五树参天”。那苍劲的树冠，一片蓊郁，斑驳的树身，遍布青苔，默默地向人们叙述着数百年的风雨沧桑。穿过古树林，漫步于村中，此时村边地头，稻子已经收割，只有冬令菜蔬盈盈在生长。只见一片湛蓝的天空下，有阡陌交通，屋舍俨然，有炊烟袅袅，树树红妆，形成一道迷人的田园风光。

关于秋天，我想我只记得，塔川的小桥、流水和人家。

塔川依山而建，飞檐翘角的古民居，层层叠叠，错落有致，远远望去，就好像一座宝塔，矗立在山谷之中，此为“塔”之来历；一条清溪，自山间潺潺而来，绸带一般穿村而过，给小村带来无限的灵气，此为“川”之来历。村庄，因有“川”过而倍添灵气，清溪，也因绕“塔”而生机勃勃。塔川，即以此而得名。这里有最寻常、最古朴、也最诗意的小桥、流水和人家。我看见清溪绕前院，屋后有竹林。我看见山边茶花一簇簇的洁白，野菊一篱篱的金黄，秋柿一树树的玲珑，姜花一丛丛的婉约，还有遍地的各色秋草，开满粉色或浅蓝的小花，那么随意悠闲地开着，很是好看。

关于秋天，我想我只记得，塔川那一片片经霜的姹紫嫣红。

深秋，一场场霜冻过后，塔川的村落山野，最让人难忘的，便是那一片片姹紫嫣红。仿佛造物主一不小心打翻了油画颜料，成片的色彩，泼散在山野林间，赋予了这片土地最美最惊艳的秋色。山林里那些随意而生的乌桕树，一夜初霜过后，那些碧绿的叶子，从夏日的青翠，渐渐变成了暗紫色，又由暗紫变成一片明黄、深红……形成一幅幅七彩斑斓的色谱，更有黑白相间的徽派建筑，恰到好处地掩映其中，格外诗情画意，妩媚多姿。

一棵树，一片叶子，经了秋霜与寒凉，由内而外变得如此之美，有了独特丰富的内涵与明媚如诗的色彩。身处尘世的我们，也会是一棵行走的树吧，待所有的浮花浪蕊都落尽，当岁月的风霜突然袭上心头，我们是否依然拥有一份明净的记忆，依然能够以一份赤子情怀，成全内心那个更好的自己，来拥抱生命里这个美好的秋天？

是的，这皖南的深秋之美，总是让我梦绕魂牵，念念不忘。塔川，真是一个美丽的村落，多像我前世的家园，到处一片清新盎然的生活情趣，日出而作，日落而归，一日三餐的安稳。到处都是一树树的生生不息，一任寒来暑往，春夏秋冬。每一棵大树，都让我读到一种久违的前生的气息，一种亦真亦幻，却又触手可及的梦境。

我想我是爱上塔川的这些大树了。这一刻，让我们以远行的方式，回到塔川，回到灵魂的故园，站在前世今生的村口，与一棵树久别重逢，与一棵树相爱相亲。

喜欢远行的三毛，曾在《说给自己听》里这样说：“如果有来生，要做一棵树，站成永恒，没有悲欢的姿势。一半在土里安详，一半在风里飞扬，一半洒落阴凉，一半沐浴阳光，非常沉默非常骄傲，从不依靠，从不寻找。”

是的，做一棵树真好。我愿意是一棵安静的树。一棵树，一半是枝叶，一半是花果。一棵树，有自己的根基，有自己的高度，有自己的恬淡。长着茂盛的叶，开着朴素的花朵，散发着幽远的香气，结下累累的果实，让每个秋天都有一份饱满的甘甜。也许还有一种芳香与甘美，是因为懂得，所以沉默，因为注定会相逢，所以从来不寻找。我相信，只要心中有棵一直在生长的树，我们这一生，就有了永恒的依靠。

这一刻，枯藤老树是美的，小桥流水是美的，古道西风是美的；这一刻，没有乡愁，没有天涯；这一刻，我们只有回家的感觉。我们只远上寒山，沿着斜斜的石径，走向白云深处的人家，走向心灵深处，那最美丽柔软，最安静温暖的地方。

这一刻，我们不是远行，而是归来。我们将车停下来，停在前世的故园门前，将脚步慢下来，慢慢走近一棵棵安静的树，走向一片宁静的秋山。看风吹乌桕树，看清泉石上流，看霜叶红于二月花。

遇见庄子，遇见一只诗意的蝴蝶

于我而言，有机会出差去蒙城，是件很幸运的事。因为在这里，我会遇见庄子，遇见一只诗意的蝴蝶。

无论当初年少之时，还是如今人近中年，无论失意，还是适意，我总一如既往地喜欢“庄周梦蝶”的典故，想象着春天的涡河与漆园，万物在美好生长，蝴蝶在自由飞舞，有梦一样无边的辽阔。

那天恰好是元旦，新年第一天，我忙完手边工作，从蒙城城南新区一家酒店出来，看时间还早，用手机百度周边景点，得知庄子祠就坐落于城北漆园故址，心想既然来到庄子故里，无论如何也要走访一下这位道家先哲。沿途看过万佛塔，再驱车出城往北，大约四五里路程，导航提示抵达目的地，只见树林疏落处，一片古朴的建筑隐约可见，细看果然就是庄子祠。

据史书记载，庄子祠始建于北宋，宋元丰元年（公元1078年），蒙城县令王竞为纪念庄子，在涡河北岸漆园旧址首建庄子祠。竣工时，王竞特请苏轼撰写《庄子祠堂记》，且刻碑立于祠内。只是当年的庄子祠，后被黄河水淹没，明清年间曾历次重建，然几经战火洗劫，亦所存无几。现在的庄子祠，是 1995 年蒙城县政府在宋代庄子祠旧址上复建的，主要建筑为朱廊粉壁的汉代风格，有大三门、影壁、山门、濮池、逍遥堂、五笑亭、观鱼桥、梦蝶楼、南华经阁等，如今年久失修，朱漆剥落，白壁斑驳，倒也有些古意。

正门白石门楼匾额上书“庄子祠”三字，字体古拙素雅。进入祠堂，迎面而来的是“法天贵真”影壁，另一面刻有苏轼《庄子祠堂记》：“庄子，蒙人也。尝为蒙漆园吏。没千余岁，而蒙未有祀之者。县令秘书丞王竞始作祠堂，求文以为记。”前堂过道中置玻璃展柜，内陈苏轼《庄子祠堂记》残碑，是祠中现存最早、最有价值的文物。出正堂，后面是菜圃和树林，一片农家景象，恰似庄子当年简朴的生活环境。

庄子祠规模不大，游人也少，整个园内人影稀疏，草木凋零，一切甚是荒芜安静，冬日寒冷，蝴蝶的影迹更是无可寻觅。较之那些名山神刹、皇宫帝苑，庄子祠实在太过冷清了。世人多营营役役，谁会和我一样，来拜谒一个清静无为，超然物外的思想家呢？

其实庄子生活的战国时代，也是一个物欲横流的时代，许多人为了谋取富贵名利，不择手段，以至于形成“无耻者富，多信者显”的社会现实。可庄子却生性低调清高，不喜做官，睥睨权贵，一生甘于清贫，居陋巷，着布衣，食素菜，著文章，只爱和友人观看池塘里的游鱼，讨论着它们的快乐。

庄子是快乐的，更是不老的。在两千年的高山流水之畔，庄子是我们永远的知音。李商隐喜欢庄子，一首《锦瑟》何其缠绵悱恻；苏东坡喜欢庄子，从某种角度上来说，在北宋，最接近庄子气质的人，非东坡莫属，庄子堪称其灵魂意义上的知己。我也喜欢庄子，喜欢走近这位可爱的漆园小吏，这位独特的先哲大贤。两千多年过去，只要打开《庄子》一书，读一册“逍遥游”，“齐物论”，就会感觉到他翩然的潇洒之气，纵横驰骋的非凡风度，为他的丰富浪漫所吸引，为他的大道至简所叹服。

当我走出庄子祠，随车沿公路前行，渐渐看见一条清浅河流，想必这就是孕育了老庄文化的涡河了。河水不宽，河边停泊着三三两两的船只，两岸堆着细细的河沙，阳光层层叠叠，闪烁其上。这广袤的皖北平原上，没有高山大川，没有茂竹修林，只有一望无垠的青青麦田，几处淡如墨点的村庄。这么平淡无奇的地方，如何诞生出庄子那雄伟瑰丽，奇幻多姿的哲学想象，如何承载其鲲鹏展翅，汪洋恣肆的宏大气魄呢？也许有这条涡河也就够了。两千多年前的春天，我们的庄子就在这古老的河边，临水而居，垂钓、梦蝶、观鱼，怡然自乐于漆园的一蔬一饭，日出而作，日落而息，心与物齐，御风而行，逍遥于天地之间，与万物万象相濡以沫，与功名富贵，相忘于江湖。

庄子的思想，早已渗透到我们的性格与心灵深处了。“庄子眼极冷，心肠最热。眼冷，故是非不管，心肠热，故感慨万端。虽知无用，而未能忘情，到底是热肠挂住；虽不能忘情，而终不下手，到底是冷眼看穿。”曾有人概括，中国文人的外表是儒家，但内心永远住着一个庄子。道家的清静无为、淡泊超然，和儒家的齐家修身、兼济天下，早已相辅相成，互为融合，汇聚成一种更具意义的人格底蕴与精神内涵。

如今的我们，一年四季朝九晚五，八小时要致力于入世的工作，实现自己的理想，八小时之外，应存一份出世的情怀，放飞内心的蝴蝶。只要有一只美丽的蝴蝶，自由飞舞在心灵的旷野上，那么如此一生，总会拥有一种别样的清澈与珍贵。我们完全有理由快乐起来，美好起来，做一个独立的精神贵族。

冬天的皖北，收获过的田野，有一种低低的安静和苍茫。春天还早，万物都在酣然沉睡，涡河两岸没有萋萋芳草，也没有鸟语花香，只有西斜的阳光，缓缓照在宽阔的平原上。但我感觉在蒙城，只要走近庄子，靠近涡河，便会遇见一只浪漫的蝴蝶。而在我们有涯的今生，每不经意间遇见一只蝴蝶，便会与庄子无涯地相逢。

先回家，明天的事明天再说

印象里，每到年底天总是阴着，仿佛随时会有一场霏霏雨雪。对离家在外的人来说，这种阴郁的天，多少有点令人忧虑。归期在即，归路迢迢，此时此刻，远在他乡的人啊，莫不顿生急切与仓惶之心。

想起那些年漂泊外省，一到寒冬腊月，便开始望着日历数日子。那种想家的滋味，确实挺难挨的，“年”这只小兽日夜醒着，肆无忌惮地噬咬着内心。“采薇。采薇。行道迟迟，载渴载饥。我心伤悲，莫知我哀。”在某种程度上，这种忧心如焚，和诗经里士卒的感受何其相似。有所不同的，他们是被卷入了残酷的战争，而今天的人们，是颠簸在市场经济的大潮里。其实，人生本就像一场战争，活着就会不可避免地卷入其中，役形于各自的命运，体验着身不由己的无奈。

最不堪回首的，是有一年远在天津，那年的我，正处在人生最初的低谷，同时又远在他乡，心情很是失落迷茫。那年所发生的一切，是记忆深处难以言说的酸楚。我常常下意识地逃避这种令人感伤的苦涩记忆，希望可将之彻底忘却。事隔这么多年，其实也该是遗忘的时候了。可旧年旧事，直如一堆枯叶埋藏在生命的角落里，每到年关，便在心里飒飒有声。那地方，除了一条绿树浓荫的道路，以及一片开满繁花的果园之外，似乎再没有什么可以留恋的美好了。路，是北方常见的那种笔直的公路，两边生长着冲天的白杨，绿幽幽的公路尽头，有条宽阔的河流。我最喜欢的事情，是暮春时节，下班后一起和同事们去河边看风景。河流在某种意义上，是一个可以寄托思念的载体。感觉异乡的每一条河流尽头，都是水天相接，烟霞渺渺。也许，那就是最靠近家乡的方向吧。

到了夏天，长长的河堤边长满了密密丛丛的苍耳，和一簇簇开着紫白相间的喇叭状花朵的植物，散发出一种浓烈香气，混合在晚风里，令人心绪昏沉。后来有一天，我突然知道这种花其实就是曼陀罗。到了秋天，曼陀罗的花朵终于谢了，同时整个植株也开始枯萎。苍耳籽也成熟了。这时候，只要去河边走一趟，成串的苍耳就会挂满裤管，刺疼皮肤。我不得不蹲着，将它们一颗颗摘下来，放在手心细看，想起那个《苍耳妈妈和孩子》的童话，当时心想，也许我就是这样的一颗苍耳吧，浑身长满毛刺。这种毛刺，并非为了伤害他人，而只是一种发自内心的企盼，企盼着可以早日离开这里，到一个崭新的地方。

我实在不喜欢这里，不喜欢这个偏僻的工厂，这份乏味的工作。尽管这里有河流，可这是遥远的北地，没有我所依恋和在意的生活。我一遍遍告诉自己，这眼前的一切都是暂时的，很快就会过去的。

一个寒冬的早晨，我终于背起沉重的行囊，搭上返乡的列车，从天津杨柳青车站启程。一路上，列车慢悠悠地沿着蜿蜒的铁轨，在无垠的麦田间弯弯绕绕，匍匐前行，从河北到山东，经泰安、兖州、至合肥，再转乘客车往南，过肥西、桐城、庐江，接着就是自己日思夜想的家乡了。那一年，尽管辛苦艰难，可我一直没有流过泪，而那一天，不知怎么了，却是泪水涟涟。

许多年来，这种刻骨铭心的感觉，如旧疾一般在我心里潜伏着，到时候便要默默复发，在心里隐隐作痛。想起旧日里那种关山重重，长途跋涉的路程，若是年复一年，到年关便要重新来过，我的心里总有一种莫名的恐惧。这种恐惧藏在骨头缝里，日日夜夜，野草一样蔓延。这种层峦叠障的穿越，万水千山的辗转，不是旅游散心，可以闲情逸致、悠然自得，而是游子漂泊在外，母亲倚门在望，苦苦等待漫漫风雪路上那个归心似箭的人。

正因为内心有着这种症结，所以我懂得自己这一辈子不可能再走多远了。记得那年来合肥，心里的想法很简单，就是离家近一点。我知道自己是个恋家的人，不图别的，就图个回家方便吧。我钟情于自己的内心，钟情于一种简单平静的生活。有一个为我遮风挡雨的家，有几个细水长流的朋友，有一些温馨从容的温暖，这是一个女子所在意的幸福快乐。而每一次或深或浅的回忆，无非是提醒自己，要懂得珍惜现在的生活，让自己的内心与生活的本意相融，对生活赋予的苦辣酸甜，永远心存感恩。

事实上，我也不知道我所在意的幸福，会不会某一天突然从身边溜走。因为在过去的时光里，我曾认定最不可能的事情，却终是出人意料地发生。那是一种比梦还要遥远的距离，却是那么真实地迎面而至，不容拒绝。它像一根穿着长线的针，绵绵密密穿心而过，那种牵绊与煎熬，只有自己可以感觉得到。那是一种切入灵魂的疼痛，直至痛到麻木，痛到熟视无睹。有时候，我只能任其绵延不绝地穿越和缝补，只等着天黑，只等着线尽。很久以来，我实在不愿意这些无法把握的过程，穿插到自己的生命里，让生命格局发生不可扭转的变化。我实在不喜欢兜兜转转于尘世之间，与这些不可预知的意外狭路相逢。

这时候，我常常想起思嘉。她说，我现在不去想它，我明天回塔拉再去想吧，那时我就经受得住一切了。因为在她的心里，只要一想到塔拉，就似乎有只温柔而冷静的手，在悄悄抚摸她的心一般，内心也因此而感觉到宽慰。那里都是一些容易回想起的细小的东西：那里有乡间黄昏时的宁静笼罩在她周围，如祈祷时的幸福；有落在广袤的绿白相映的棉花田里的露水、跌宕起伏的丘陵上那些赤裸裸的红土地，和郁郁葱葱的松树；有一排排与白粉墙相映衬的茉莉花丛，以及在窗口飘拂着的帘幔；还有从小就需要的嬷嬷那宽阔的胸膛，好让她把自己的头伏在上面，需要她那粗糙的大手来抚摸她的头发。

唯有这些，可以为心灵疗伤，可以让一个生性骄矜的女子，放下内心的困惑，越过眼前横亘的沧海。

是的，现在不想，我明天再想。先回家，回到自己的家，明天的事明天再说——当跌入命运低谷，内心感觉疼痛的时候，思嘉这种源自内心的想法，也许是任何一个女子值得借鉴的法宝。也许这种心灵的缓冲，真的可以化解几分无助与迷惘。至少，可以让内心的坚强柔韧，来得及站稳脚跟，从而获得一种自我重生的力量。即使过后那种痛楚，依然还要抽丝剥茧，即使未来的路上，难免还会踉踉跄跄。但，一切终究会来得温柔一些吧。因为在家的怀抱里，一个女子的内心是纯净而初生的，如同回到婴儿时候。

我对故乡的素描

一个人，一生当中会去往很多地方，只有一个地方是用来回的，这个地方就是故乡。

我的故乡是枞阳县境内一个普通的村庄，它像一颗小小的棋子，镶嵌在青山碧水之间，总是一副宁静而悠然的表情。我热爱这里，喜欢一次次回到这里，因为一旦回到这里，我的眼睛、心灵与脚步就会回归一种最轻松、最理想的状态。我喜欢村子四周绵延起伏的群山，喜欢自山里吹来的习习谷风，喜欢那清清的溪水绕村而过，喜欢一辈子朴实无华的乡邻，喜欢那婉转清扬的黄梅乡音飘荡在田园村廓之上……我把这些静静的喜欢，一次次以素描的方式写在文字里，这样的过程，总让我获得许多意想不到的美好，总让我浸润在一种无边的幸福里。

特别是春天，当一枝枝桃花迎着早春的细雨，在村头小桥畔、屋后溪水边随意地开着时，我的村庄一下子便鲜妍生动起来。有了小桥和流水做水墨色的底子，桃花简直美如云霞，那光彩照人的精气神，让村庄这幅白的宣纸上，顿时展现春意流淌的快意。连孩子们的脸庞，也被映得粉红粉红的了，他们在桃花下追逐、嬉戏、玩耍……勤劳的乡亲们却一刻也不肯耽搁，忙趁着这大好春光，扛起犁耙，吆喝着耕牛，开始春耕生产，一年的好光景，自此在桃红柳绿里，有了一个明媚的开头。

如今的家乡，桃花是一年比一年开得繁盛，我经常在家乡文人的一些作品里读到桃花的身影，他们笔下所描写的桃花盛况，深深将我打动。通过他们的文字，我得知在枞阳周潭，有个名叫大山的地方，每年春天，漫山遍野都是桃花。可惜我直到今天都还没有去过大山，没有见过那千亩桃园，我只有一年年在他们的镜头与文字里阅读这份美景。每一次阅读，都令我对这片桃花无限向往，每一次都在心里发愿，我一定要在春暖花开的时候，去一回大山，去看看这里美丽的田园风光，看看这片盛开的桃花。

当然让我向往的，不仅仅是周潭大山的这片桃花。枞阳我不曾去过的地方有很多，比如白荡湖、枫沙湖、白云岩、大青山、幕旗山……虽然都不是太远，可我都不曾涉足领略它们的迷人风光与独特内涵。只因每次总是行程匆匆，我与它们总是擦肩而过，无法作更久的停留。它们像一个真切的梦，栖居在我的心上。我向往它们，思慕它们，它们的美，于我是那样缺一不可，扣人心弦。我想在以后的时间里，我肯定会与它们相遇，它们也一定会以最温暖的怀抱，最动人的风景，来慰藉我多年的向往及相思。

记得每次从合肥回家，只要车子一过桐城，进入枞阳境内，我的眼前便开始显现出不一样的风景。高速公路两边，不再是那种单调的一览无余的平坦，视野里渐渐有了绵延的山势，山不高，但苍翠逶迤，更有田野、农舍、阡陌、湖泊等恰到好处地错落其间，呈现出一派丰饶的田园景致。这很好地契合了我的审美取向，让我不由自主有了欣赏的兴致。望着车窗外熟悉的风景扑面而来，看见麒麟、浮山、老桥、牛集、会宫这些亲切的地名，在一片绿水青山间依次闪现，我不由在心里对自己说：真好，又快到家了！心情蓦然间变得欢快明媚起来。相信这种感觉，每个离家在外的人，都曾亲身体会过。是啊，我又回到了枞阳，回到生我养我的村庄，我是这里永远的女儿，这里的一山一水、一草一木，一花一果，都是我久别重逢的老邻居，让我有发自内心的欢喜与爱恋。

我喜欢黄昏的时候去村头散步。村头有清澈的池塘，有临水而居的人家，这些人家都是我最亲近的乡邻，我和他们认识很多年了。或者说，从我一出生他们便认识我、知道我了，他们对我是知根知底，了如指掌的。我在他们的目光里渐渐长大，渐渐变化，从一个女孩变成母亲，从天真活泼到沉静自若。许多年过去，我回来的次数也逐渐稀少，可他们一如既往地记得我，一看见我的身影，便大声喊着我的乳名说，呀！回来啦……这憨厚温暖的笑，一声亲切的呼唤，让我心头一热，百感交集。一个人当自己的乳名被人唤起的时候，心灵深处该是怎样的温暖与悸动？这些年离家在外，我听到自己乳名的机会是越来越少了，幸好我的乳名，一直被我的父母及乡亲们记挂着、滋养着，养成了一棵珍贵的乡土植物……这一刻，往事是那样清晰如昨，一如眼前水天相映的池塘，可以照见一个人灵魂的来处。

当然这清澈的池塘，更多的时候，是用来展现黄昏之美的。塘埂四周都是丛生的野蔷薇与金银花，半人高的翠绿，让池塘更添几分妩媚，它们都是池塘不可或缺的一部分。此时斜阳已经铺满西山，一片片霞光也铺满了水面。水面上还点染着山峦、云树、炊烟和晚风的倩影，晚风一阵阵拂过，那些荡漾的水波，一下子将那漫卷于水中的夕照、云朵和山峦的投影给揉碎了，水面那波光粼粼的色彩瞬间不一样起来，有了一种全新的五彩斑斓，看上去像极了一幅印象派的名画。

这些年，只要我回到我的村庄，我就会收获这一幅幅美丽的画面，收获这一池塘的清澈与温暖。对于一个普通的个体生命而言，还有什么比这更切近幸福、更贴近心灵的体验吗？乡村的空气总是如此清新，透着一种草木的气息，散发着一种原生态的清香，可以让梦、雨水和月光，自由地呼吸，安静地生长。

对于一个人来说，这一辈子至少会拥有三个故乡：地理上的故乡，岁月上的故乡，心灵上的故乡。或者说，我们这一辈子的行走与追寻，也许只为获得一个理想的途径，可以将这三个故乡好好搭建，合而为一。因为，不管我们走多远，都走不出心灵与岁月。我们的心灵总是牵挂着故乡，总与故乡血脉相连。只有故乡，是个可以放心的地方。只有故乡，是我们永远的根。

我不敢说，这个理想我已经实现。我只是想着能在一些年以后，放下所有的琐碎与奔忙，回到我的枞阳，回到生我养我的村庄，过一种我所喜欢的、安静美好的生活。当我想到这一切的时候，我的内心便进入一种前所未有的开阔与敞亮。这种感觉，像一束嵌进灵魂的光，我无法用文字很好地表达，不过这种感觉，我想你一定懂得。

辑五

顺流逆流，从容优雅地老去

是这般持花在手，识香于心，任凭世事如棋，眉间自有一抹风烟俱往。
是这般从容相爱，从容生活，只要心素如简，一花一叶自是禅的芬芳。

顺流逆流

忙过这些天，难免有些疲惫，好在可以轻松几天了。这种张弛有度的状态，或许就是生活的本来面目吧。感觉用忙碌来填满流水般的日子，其实挺好的。白天的忙碌与夜晚的宁静，好比生活的经纬，互相交替编织着，于布衣人生而言，是不可或缺的基调，是一种活在当下的实在。

想来能够从事自己喜欢的工作，也算是一种足堪珍惜的机缘了。因为喜欢，做起来便多了兴趣少了烦恼，没枉费这些年的坚持，渐渐已经驾轻就熟，得心应手。想当年，那个初始的五月，我一个人背着行囊，来到这个城市谋生，是多么不容易。带着前程未卜的茫然与忐忑之心，生怕在车水马龙之中迷了路，手拿着一张名片，按图索骥地寻找着，但路人却是差点指鹿为马。于是以一个个电话，告知自己的位置，只等着这个城市里唯一熟悉的亲人来搭救。也许每一个城市，都有一种拒人于千里之外的冷漠与隔阂，不管你何时何地、以何种心态进入，都仿佛面对一堵无形的高墙。谁能预知墙内的风景乾坤？一切都是陌生的，一切必须从头开始。好在，终于有了落脚点，一粒干瘪的种子，总算遇着些微泥土，有了发芽的迹象。只盼着风和日丽的天呐！然而，随着一幢幢高楼雨后春笋般地拔地而起，城市的日新月异与居高临下，是从来不会改变的。尽管我一遍遍给自己打气，告诉自己不要害怕与退缩，可于一个弱女子的内心，那种潜在的巨大压力与不安，却自不待言。

不知不觉，十多年过去。我一直对那个五月心存感念与感恩。尽管在这个过程中，发生了一些不愉快的事情。也可能是当年的我，执着于那种年少气盛、有棱有角的脾气，心窄，不成熟，为人处事总是露出自我的锋芒来，以致于深深地伤害了别人，同时也自伤。如果换作现在，是断然不会这样了。只是有时候，这些曾经的错，会旧疾一般在内心深处隐隐作疼。但已经错误地写入生命，无法涂改。就当是吃一堑长一智吧。谁的一生不会出错呢，更何况在年轻的时候。总算，平平安安地走过来了。曾经有过的一些沟沟坎坎，注定是一段必不可少的摸爬滚打的过程，从此懂得了许多道理，有了或深或浅的感悟。

我是一个不喜欢诉苦的人。有些小辛苦，小困难，感觉自己是能够安然处之，并且能够享受这番淡淡清苦的。自打初涉人世，虽说不曾大风大浪，但也是一路漂泊着，有一种无依无靠的孤单。也曾挫折、也曾脆弱、也曾无助，也时常感觉到前途的迷茫，与现实的无奈。不如意的事、心疼的事，更是经常有。

但我一直微笑着生活。现在我早已不再是那个当年遇事爱哭鼻子的小丫头了。记得在年少的时候，我还算是一个有理想的人吧。同时，也把人生与未来等同于理想一般的美好。如今发现，一切并不是那样的完美，但也不是如何的糟糕。只是长大了，在这个过程中，岁月换了一些谜题而已。

换了就换了吧。毕竟连自己都蜕变了，还有什么是不能明白和放下的？不知何时起，年少的心高气傲已经蜕去，不知天高地厚的张狂已经蜕去，自以为是、天花乱坠的妄想已经蜕去。心一点点空了，谦卑了，坦然了。这些都是用时间换算来的。开始心生宽容，心生珍惜，用一颗慈悲心，一点点往生命里盛进爱、善良、温柔、坚韧，让空下来的内心，盛进这些阳光般的物质。如果可以，再盛进一些智慧吧，让自己跟着这些渐渐改变，学会放弃，学会遗忘，学会与生活握手言和。在每一个日升月落之间，脚踏实地过自己的布衣生活，安然若素，慢慢回归生活的本质，回归柔软的内心。

想起一支老歌《顺流逆流》，很喜欢这个歌名。小时候，第一次听到徐小凤用有金属质感的嗓音低低唱起，是那么喜欢。她的歌喉古典大气，且韵味独特，有低回端庄之美，如酒一般绵长醇厚，历久弥香。

有时候，我会打开这支歌，听听她的声音。她心平气和地唱着，我慢慢听着，很怀旧的味道。这样格调沉稳、旋律优雅的歌声，如和风细雨般地弥漫开来，渐生出丝丝缕缕的浓稠，有流转的芳馨了。

人生就是这样的吧，顺流，逆流。一直如此经历过，并继续经历着。在这条叫做光阴的河流里，有时候经历就是懂得。有一种情愫，是时光酿成的酒。酒是醉里挑灯看剑，酒是天涯知己相逢，酒是酸甜苦辣，是寸寸柔肠。记得一部电影里说：喝水与喝酒的滋味，是不同的。水越喝越凉，而酒，越喝越暖。

我心素已闲

不知为什么，我对五月总有种莫名的偏爱。这个时候，植物在属于自己的时光里恣意生长，新叶婆娑，绿意绵延。茶一样明澈的阳光很美，风翻树叶的姿态很美，树下来来往往的路人，一样也很美。

不知道如何来形容内心的这种感觉。也许是一种静静无言的喜欢，亦是对光阴的珍惜与流连吧。只是静静地喜欢着，很多个寻常的日子，就在如斯无言里倏然过去了，似风一抹抹，从指缝里悠悠滑走，指间犹留有初放的蔷薇香，仿佛伸手去挽，还能自梦里掬回一记嫣红，云一样柔软，清露般滋润。

我突然喜欢上了这个季节的自己。不忙的时候，可以一个人安静坐在窗前，看两页可有可无的闲书，任窗外的风柔柔拂过每一片树叶，每一片草尖，有些往事便近在眼前，在心里满满地铺展开来。是转眼繁花尽落后，风静日暖，与某年某日心境相契合？还是偶尔烹茶煮字，任雨点轻敲我窗，洇开一笺水墨，一如时光遗落的声音……

其实，不看书、不写字的时候，我只静静绣我的睡莲。这是一幅一直在绣、却还不曾绣好的睡莲。多少个朝暮我与之相对，密密集集，一针针、一行行地迂回游走，画面不过盈盈几尺，却是如此耗费光阴。只是因为喜欢，所以愿意沉缅其中，一直痴痴不舍地绣着。我发现，内心的花朵，能够一直在指间缠绵地生长，在美丽的画布上悄然绽放，是件多么安静喜悦的事。我终于明白，旧时闺阁女子为何整日足不出户，也不觉时间漫长难捱了。何况，她们心中有太多的古典意象：鸳鸯戏水、富贵花开、并蒂莲花……刺绣是她们一辈子的功课，修身养性的功课，是她们与生俱来的，一件最美的嫁衣。

这个五月，我哪里也不曾去，只回了趟老家，回到久别的母亲身边。老家依旧，屋舍依旧，似还是少年的时光。池塘里小荷初生，春水温柔，屋前几棵香樟，正落着一地细碎的花，只有余香还沁在空气里。我发现，冬天里的点点腊梅，此时已是一棵安静生长的树。而不远处的花坛里，那棵曾经幼小的牡丹长势喜人，母亲说今年比去年多开了好几朵花。可惜迟归的我没赶上花期。屋后的桃林，也是花褪残红，绿叶成荫子满枝了。每次回家，我都喜欢这样细细地从屋前，一直看到屋后，仿佛丢了什么，得一遍遍找回来才安心。

可一个转身，发现自己尽管站在最初的地方，但时光已经过去很多年了。老屋旧了，母亲老了，而我，也不复当初的模样。当自己的心也成了一个时光的容器，我已经飘泊经年，不会忧伤。我只是常常感觉，应是有一个丢失了的自己，沉睡在五月深处，沉睡了很多年。我愿意放慢脚步，或者静静站在时间的某处，走近那个自己，重逢那个自己。

或许，我回到最初的地方，也是在寻找那个自己吧。是这样的寻找，成全了现在的自己。现在的自己，应是有丰盈饱满、温厚妥贴的一面了。而那些时光里的浮光掠影，再不会重来。一些伤痛和彷徨，一些喜悦和冲动，也变得零落和陌生，这般细如尘芥，这般云淡风轻。

任时间水一样穿心而过，我心素已闲。

有人说，经过一些岁月浸润的女子，渐渐地不擅期望，不擅梦想，心境是愈发的清澈了。也不是没有梦想，只是那些梦想愈来愈贴近自己的心灵，愈来愈真实可亲。懂得自己，便是自己的果实，也是自己的花香，只静静守着自己的心，静静做些自己喜欢的事，无所谓被人记得，或遗忘。这些年里，当这些意念总是水一样流淌于心头时，渐渐地，我发现那个自己，连同长长的五月，竟已深藏在我的心底，挥之不去了。

我只是喜欢拥有这样的寂静时刻，喜欢这样安好的夜晚。一个人以看书、刺绣，或写字的方式，端坐在五月苍绿的时光里。沉静于一如既往的生活细节里，与内心的植物，与内心的自己相濡以沫，一如从前。

也许，这就是自己的岁月静好。也许这就是我心素已闲。是的，清川澹如此，我心素已闲。

孩子你慢慢来

亲爱的宝贝，此刻窗外下着雨，老爸在手机上下棋，你做完作业开始自由活动，我和你闲聊片刻从你房间出来，看见阳台植物的叶梢上，雨珠饱满清亮，恰似老妈此时的心情，平静、温暖，有一种幸福的感觉，沁在心底。

时间过得真快。真是难以置信，当年那个呀呀学语的幼童，现已步入初中，开始新的学习生活。你刚上学的情景，还似乎就在昨天；学走路的姿态，何其稚嫩可爱；玩耍的时候，那样不知疲倦；出生的模样，更是记忆犹新……说实话，真不舍得你长得这样快，因为，老妈还没来得及细细感受你成长的每个细节，没顾得上将你成长的过程，用文字好好记录下来。时间的手一挥，不过几年时间，你已经长得和老妈一样高，可以单独睡觉，自主学习，开始有自己的思想，自己的天地了。当然，老妈更想说的是，亲爱的宝贝，我为你骄傲自豪，你的每一点成长和变化，都是老妈心中最美的收获。正如电视节目《爸爸去哪儿》里所唱：“谢谢你光顾，我的小怪物，你是我写过最美的情书。纽扣住一个家的幸福，爱着你呀风雨无阻……”

宝贝还记得吗？小时候你有几年在老家，而老爸老妈在合肥打拼，一年里难得有几次相聚。每次放假，我总是迫不及待地坐车赶回老家，回到你身边，或将你接到合肥游玩。在那几年里，我想我们都深刻体会到什么是“难舍难分”，什么是“两相牵挂”。不知那几年的分别，在你幼小心灵里会留下怎样难忘的印记，对生活最初的体验，是否也会因此与同龄人有些许不同？一旦想起这些，老妈心里总是深怀歉疚和不安，感到对不起我的宝贝。那时最大的心愿，就是希望和你天天在一起。好在我们经过一番努力，这个愿望不久就成为现实，那段分别的时光，已慢慢变成记忆。宝贝，你是否发现，如今我们一家人朝夕相处相亲相爱，这种你上学、爸妈上班，傍晚一起回家的感觉是多么开心，多么快乐。在老妈心里，这是永远的珍贵。

宝贝你知道吗？有时我喜欢静静地看着你。在你写字的时候，在你吃饭的时候，在你睡着的时候，在你调皮的时候……我都喜欢静静地看着你。看着你的一举一动、一言一行，我常常想起我的从前，想起我的学生时代。仿佛通过你的言行举止，我能够与自己远去的童年，以一种全新的方式再次相遇。这种感觉真是特别美妙的，你身上有种神奇的力量，能够唤醒我内心那些沉睡的记忆，那些匆匆流失的岁月，像电影胶片一样，在我的脑海中反复回放。

其实若干年前，老妈也是一个爱玩、爱笑、爱学习的小孩。我喜欢和你说起我小时候的事，也愿意以一颗曾经稚嫩的心，陪伴守护你成长。我想，我们的陪伴与守护是相互的。我能感知你的喜怒哀乐，理解你的痛苦忧愁，而你，则更多地教会我该如何做个好母亲，一个真正意义上的母亲。一个母亲，应是需要和她的孩子共同成长的。因为我和老爸一样，这是第一次当你的老妈，老妈的心情也有点复杂呀……

但宝贝请你相信，我和老爸会是你的大树，我们一家人手牵手心连心，永远在一起。尽管这棵树很普通平凡，但一直会以爱的名义，一辈子站在你的身边，站在你看得见的地方。而你呢，是棵正在茁壮成长的小树，将来你也会有你自己的枝干，自己的蓬勃，自己的绿荫。所以，从今天起，你应该学会带着你的心，你的兴趣爱好，在对的时间做对的事，不虚度年华，不蹉跎岁月，不辜负自己，用心追求自己的梦想。要懂得一生之中，唯梦想与爱不可辜负，这是一个人成长路上必修的课题。比方说，心里装着书本知识的同时，也要装着爱与温暖，装着宽容和感恩，装着理解及担当，以一种树的韧性，扎根大地不畏风雨，朝着心中梦想的阳光和蔚蓝，一直向上努力生长。作为一个小男孩，你是坚强勇敢的，但也不要自负逞强。为人要真诚善良，遇事要小心沉稳，有刚有柔，学会大气大度……总之，老妈希望你的心灵像春天一样美好，像花儿一样灿烂。随着时间的更替，你一天天长大，你会懂得，这些动人的花朵，会长成你这一生幸福的果实，那时你生命的大树，该是一种怎样的丰硕和葳蕤啊！

对老妈而言，这将是最美、最珍贵的风景了。

龙应台在《目送》里说："我慢慢地、慢慢地了解到，所谓父女母子一场，只不过意味着，你和他的缘分，就是今生今世不断地在目送他的背影渐行渐远。你站立在小路的这一端，看着他逐渐消失在小路转弯的地方，而且，他用背影告诉你：不必追。"

记得老妈在书店遇到《目送》，一下子就深深爱上。当时，宝贝你在三楼少儿馆看书，我就在你不远处读着此文。书店里，有许多和我一样的妈妈，都在陪着自己的孩子，看书或小憩。我看见所有妈妈的目光，都不离自己的孩子左右，孩子在哪里，他们的妈妈就在哪里。

原来，在一个孩子的成长过程中，关爱或目送，注定是母亲永恒的姿势，因为她爱你，你所有的成长，都深映在她的眼里和心里。至于"不必追"，是因为母子之间，从来都是相互挂牵、相互懂得，相互默契与放心的，无论远隔天涯，还是近在咫尺。也许等你长大以后，你就会像老妈一样，开始慢慢理解这段话语，体会其中所蕴含的深义，懂得这份款款深情。

宝贝，妈妈跟你说，我还喜欢龙先生的另一句话"孩子你慢慢来"。是的，我亲爱的宝贝，关于成长，关于梦想，关于爱与懂得，我们可以慢慢来。不用着急，也不用担心，一切都可以慢慢来。因为老爸老妈一直都在你身边，一直以爱的方式，慢慢陪伴你成长。在我们心里，你是个健康、阳光、快乐的小男子汉，我们永远，永远爱你。

愿与你回到故乡的小镇

我喜欢这样安静的时候。窗外秋阳明媚灿烂，风微微地拂向窗台，植物随风摇曳，叶片上阳光闪烁，影子斜斜地投到墙上，好似一幅时光的水墨画，徐徐展开。

尽管已经霜降，但只要天气晴朗，天气还不是很凉。从老家带过来的太阳花，从立夏到立秋，开过一茬又一茬，到今天依然还是一片灿烂。特别是雨后初晴的天气，那洇红、鹅黄的复瓣，看上去真是娇艳欲滴，仿佛孩童一张天真的脸。太阳花可谓一种常开不败的花，它柔韧、耐旱，只需一捧泥土，一点雨水和阳光，便可以郁郁葱葱，姹紫嫣红了。一到夏天，便欣欣然地开满烈日炎炎的阳台。阳光愈强，开得愈欢，每一朵都是那样好看，从不辜负人的期待。

这一刻阳光如此温暖，洗过的被套铺展在阳台，随风轻轻飘拂着。阳台的一角，晒着红豆、绿豆、米面、干豇豆。背阴的墙角，堆着山芋、南瓜、冬瓜、花生……这些农产品，都是我放假从老家带过来的，直将车子后备箱塞得满满没有一丝余地。如今它们全囤在我的阳台，每一种都是老家的味道，带着泥土般的丰收朴实。有空时，我便依照自己的饮食习惯，来烹饪这些食物。我喜欢吃山芋粥，清晨去阳台拿回一只静卧的山芋，削皮、洗净、切块，放进淘好的米锅里，半小时过后起锅，满屋的芋香四溢。这种从童年就深爱的食物，真是慰人肝肠，有种发自心底的喜欢。还有骨头汤米面，干豇豆烧肉，都是很地道的美味，贮藏在记忆的味觉里。想必每个人的心里，总有一些无法割舍的从前。从前的事物，从前的时光，从前的节气，从前的风景，还有这种种自童年便熟悉的美食，从水芹的药香到菱藕的清甜，从春初早韭，到秋末晚菘，一旦想起，就是浓得化不开的情怀。在接下来的日子里，我准备一遍遍来尝试，不知能否做出记忆里那浓浓的味道？

对离家在外的人来说，在一饭一蔬之中，能吃到来自家乡的美食，是何等幸福温暖的一件事。这种感觉，是一种教人魂牵梦绕的情愫，任是万语千言也无法细述。

我一直认定，关于未来的某年某天，最适合我的方式，还是回到故乡的小镇，过自己喜欢的生活。这个小小的愿景，一直深藏在内心深处，每隔一段时间，便会悄悄浮现一回。这些年尽管身处都市，心却是两地牵挂，牵挂着老家的一山一水，牵挂着父母亲人的安康。除了做好一份简单的工作，忙碌之余会逛逛超市、菜场和书店，更多的时候，也大多是深居简出，越来越安囿于斗室之间了。一直以来，我感觉城市的繁华，对我没有太多的吸引，甚或还有一种莫名的疏离与隔膜。尽管一个城市，以其有容乃大的胸怀，包容接纳了我的存在，我也算过得静好安稳。可内心深处，总有一种渺渺的飘浮感，在忽然安静之时，总是很自然地一遍遍想起老家，想起有关老家的一切。老家的四时风物、城镇乡村、山川河流，是一幅幅再熟悉不过的画面。那漫山遍野的映山红、油菜花、金银花、野菊花、芦苇花……那蔚蓝的天际，洁白的流云，逶迤的青山，总一幕幕绵延在记忆里，时时让我萌生归意。

想起微博里记过一段话："一些年之后，我要跟你去山下人迹稀少的小镇生活。清晨爬到高山巅顶，下山去集市买蔬菜水果。烹煮打扫。生儿育女。午后读一本书。晚上在杏花树下喝酒，聊天，直到月色和露水清凉……在梦中，行至岩凤尾蕨茂盛的空空山谷。鸟声清脆，树上种子崩裂。一起在树下疲累而眠。醒来时，我尚年少，你未老。"

当然，我还愿意补充更多的细节，比如春风沉醉的日子，感受花开的喜悦，蝶舞的生动；夏日绿树浓荫下的一晌好梦；风吹修竹，雨打芭蕉，午后蝉声，稻田蛙鸣，喝着绿茶，给远方的友人手写书信。如你所知，这是我兜兜转转之后，想要拥有的生活：自然、清澈、静美、富足。在每一次纠结之始，在每一场困境当中，要依赖这样的向往，才可以持之以恒下去。

我愿意一些年之后，与你回到故乡的小镇，筑几间属于自己的房子，有干净的庭院，木质的围栏，在院子里种花种菜、烹煮打扫。清晨醒来，推开窗就能感知露水的气息，闻到蔷薇的清香。偶尔停下来看看路边的风景，看看高天上的流云，只与自己的内心相濡以沫，过一种顺应节气的生活，从白露到寒露，从霜降到小雪，一切都是那么平缓、自然与美好。一如霜后暖，一如雪后晴，一如来年的春风十里，杨柳依依。

时间是无风而自落的花

一个人的时候，安静地回忆是最美的。一个人在安静的夜晚，默默对着自己的心，回忆一些过往流年。时间是无风而自落的花，落在幢幢灯影里，淡然而落寂。

一年，甚至更久的时间，就这样过去了，梦一样渐行渐远。或许有一天，这些回忆终是命定的虚空，而此时此刻，我坐在盛大的回忆里，想起沉淀在流年里的曾经，那些干净清澈的样子，却是我喜欢的。我喜欢以一种回忆的姿态，来面对岁月的推敲。尽管有些过程是不可推敲，也经不起推敲的。我只是希望能记住这些，从容地记住，从而让它们长成生命里踏踏实实的一部分。窗外西风猎猎，岁月何其温暖，又何其苍凉。就让这样的梦，安静地呆在一个地方，或者，就安静地呆在我的心里吧。

也许有一天，这些清水般的回忆，会成为一个人一生一世的倚靠。

曾经，感觉自己犹如一片水中翻卷的落叶，自我淹没，自我流浪。陷在时间的水里，有自己的平静，有自己的波澜，有自己的绝望。这一切，一天天隐忍于内心，一次次带走生命里最灵动的物质。这些青色的物质，是我的珍爱，我唯一的不舍。这些滋润我的精神与魂灵的物质，一旦失去，我会一日变老。

而失去的东西再不会重来，我很珍惜这些青色的回忆。我想，一个内心有梦的人，也会是个懂得寂寞的人。因为他喜欢用回忆来缝补流年，梦就成了内心深蓝的旷野，所有与梦有关的情愫，会绵延人的一生。

安静地写点字，只写给自己，为了内心的懂得，或者一意孤行的清醒。也许，有些东西是注定的了，注定有一些无法把握的美好，一些或深或浅的艰难，以及一些无法落笔的痛。这一年的时光，有什么样的兜兜转转，有什么样的冷暖滋味，我心自知。

前段时间，打江南新里程走过，远远地，看见那个地方已经面目全非。没几年的时间，没多远的路程，可为什么已经有一种恍若隔世的感觉？那个旧旧的巷子不见了，那个我曾经租住的房子不见了，那盛在里面的苦辣酸甜，也都不见了。我空空地站在那里，仿佛又一次站在了时间的旷野里，往事如烟，高楼如墙，一点点地隔断我回忆的路径。

也许，时间就是这样的。在一个人默默转身时，在平常的日起日落里，它正悄悄地改变着模样，半点不由人。只是，冬日寒风不停地在吹，吹乱了我的头发，穿过我单薄的身体，让内心生起一种荒凉。

今晚做完活动回家，没一会又路过这里。车窗外如雾的夜色，千万盏灯火汇成一片光的海，梦一样明媚。想起刚才活动现场的解说词里，提到一个名叫马丁·路德·金的美国黑人。他曾在四十多年前发表一篇著名的演说《I have a dream》，他一生为平等自由而战，他是一个为梦想而死的人。他说，我有一个梦想。这句话深深打动了每个人的心灵。我们来到这个世上，谁不是带着梦想而来？没有梦想的人生，多么无力和苍白。

梦是种在心灵深处的思想，是我们内心秘密的气息。而我窄小的梦，和不死的梦想呢，在这个盛大的世间，将如何继续下去？

其实有时候，我已经说不清楚有关梦想的样子了。人自一出生，就要开始面对光阴的幽深无量，然后遇见一个梦，年少的心因此有了舍不得，有了放不下。可一个恍惚过去，便是许多年。光阴有一双既温柔也粗砺的手，总是一刻不停地雕琢着每一个人。渐渐到后来，有的人就温润如玉了，有了一种柔软的清透，可以与梦想一起慢慢变老。而有的人，要经历多少兜兜转转，多少磕磕碰碰，才能与梦为邻，与梦取长补短，才能在寂静中一点点沉淀，一点点包容与忍耐。我知道，我就是这个兜兜转转的角色，来尘世走一遭，多少磕碰过后，内心仍然有颗不妥协的沙粒。大概是因为我的梦，一直住在那颗沙粒里吧？

只住在自己的沙粒里，并不奢求沙粒，会变成珍珠。只是，若生活给你一颗酸葡萄，你得把它酿成美酒。如命运给你一池塘污泥，你就种下十里荷花。我们不妨以时间的真理，写自己的传奇。以明媚、以甘醇，为我们终将逝去的青春，斟满风景，以温暖、以芬芳，向我们终将盛开的梦想，深情致敬。

也许，人生就像一杯茶，不会苦一辈子，但总会苦一阵子。而回忆就是一种不断地品尝，品尝自己，品尝与梦想独处的滋味。都说有梦的人最美，一个内心柔韧的人，总会在最苦时回甘。

时间是无风而自落的花，与梦想相濡以沫，回忆如此盛大。

如花美眷，似水流年

母亲年轻时，是个很优雅的女子。她生于书香之家，能诗擅对，温柔贤淑，有书卷气。这样美好的女子，在当时偏远的乡村是很难得的。

父亲与母亲竹马青梅。他们有纯洁如水的童年，诗情画意的青春。从小学到中学，他们两小无猜，人生的早春里一片草长莺飞，泉水淙淙，山花烂漫。

我想，上苍是厚待我父母的。他们今生结缘，似曾携有前世的眷顾。他们最初的最初，那般天真无邪，仿若溪头卧剥莲蓬的稚子，相视一笑，微风吹起，长堤芳草满地阳光，没有半点尘埃。

有一年春暖花开，父亲从部队返乡，与母亲结成连理。28岁的青年与23岁的姑娘，用相知相爱的心，紧紧握住了爱情与幸福。执子之手，与子偕老。结婚照上，父亲一身军装，挺拔英俊。母亲微笑着，一脸的幸福，楚楚动人。父亲说，有的姻缘，是前生修来的。所有美好的词都属于他们：是如花美眷，是琴瑟钟鼓，是不离不弃。

就在那年冬天，我出生了。父亲给我起美好的名字，与玉有关，希望我能够拥有母亲的内秀，如他深爱的女子那样，知书达礼，平安幸福。

母亲爱书，从小教我诵读诗句。她的兴趣与根基，或多或少地熏陶了我。在我孩提时，记得母亲会看《玉娇龙》《绿珠传》，在广播里听“徐志摩与陆小曼的故事”，我常常跟着一起听，记住了王赓这个名字。茶余饭后，年轻的母亲与父亲一边绕毛线，一边谈论《红楼梦》及戏曲。新剧上映，傍晚父亲开着车，带着家人去镇上看电影，有时候，竟然满满一车人。

在安静的日子里，母亲会不经意细数从前，说起她的童年，她的祖父，拿出珍藏的相片给我看。祖父早年在外地教书，晚年时叶落归根，隐居故里，是位学识渊博的老人。

那个年代，许多家庭重男轻女，可母亲却是外公外婆的掌上明珠。在双亲的恩宠里，母亲自由快乐地成长。祖父尤为珍爱母亲，赋予母亲意蕴深远的名字。在这墨香澹澹的家庭里，母亲自小习诗学文，生得恬静自若、温婉从容。

只是后来的岁月，苦难不期而至。母亲清晰记得，十年动乱，祖父迫不得已，跪在黄昏的山岗上，将珍藏的书籍付之一炬。焰光里，老人不言不语，泪流满面。焚毁的书页，如一群围着槐花飞舞的蝶，聚集在祖父身边，扶摇直上，久久不肯飘落。

不久，祖父离开人世。很短的时间内，生她养她的父亲也随之病逝。那年母亲 17 岁，悲伤浓雾般笼罩在母亲的心。整个家庭飘摇如风雨中的灯火，外婆一夜之间，无限苍老。

母亲在家排行老二。有个大哥，有个小弟。那时候，母亲决定不念书了，要回生产队做工养家，带好弟弟。这时候，母亲的大哥说再穷再难，也要让妹妹继续念书，不可贻误。当时，母亲班上只有两个女生。她们穿着粗布衣裳，吃着山粉圆子，黑乎乎的没有一滴油水，然而，她吃得很香。在那读书无用、贫困荒芜的年月，母亲却读到高中毕业，她仍然是那个时代最幸福的人。

父亲当时已经新兵入伍，在遥远的甘肃。母亲从 19 岁开始，便在乡村小学教书，春夏秋冬，年复一年，无怨无悔。母亲一辈子的时光，都在那座青山脚下的学校渡过，当了一辈子的小学教师，听了一辈子的书声琅琅。我们姐妹三人，都曾是母亲的学生。

母亲朴素勤劳，性情柔韧。不光教书，还种地。下班回家她换好球鞋，拿着农具到地里，忙到天黑进门是常有的事。只记得那时候我还小，但很喜欢和母亲一起下地干活。一起在溪边种菜、浇菜。母亲为人亲切和睦，很有人缘。在我们那百户人家的大村庄，人人都说起母亲的好，深受乡亲的敬重。单就地里种的菜，比那些赋闲在家懒事稼穑的人，却要丰盛得多。母亲常把瓜菜送与他人，知足与快乐。

母亲如此忙碌着，没有停歇的时候。清贫的年月，她和父亲一起将我们姐妹细心养育。记忆里，没有一个夜晚是清闲的。当我们在灯下写字时，母亲也忙完家务开始备课、批改作业，或者编织毛衣，做千层底的布鞋。母亲脾气很好，我最喜欢看母亲的眼神，安静的，微笑的。慈美温柔里，都是母爱的细腻与端然，这是一种幸福的感觉，是人世的地久天长。写到这里，我的内心充满宁静与温暖。

永远不会忘记，我九岁那年，退伍回来的父亲，在一个夏日清晨开车运石，自盘山公路翻落山谷，劫后余生。母亲抱着父亲，久久不肯松开；永远不会忘记，在后来日子里，父亲生意艰难，家境拮据，我们姐妹不得不辍学在家。那时候，不懂事的我曾埋怨母亲，让母亲十分难过，泪水涟涟。那个时候，母亲的眼神是暗淡的，是忧伤的。从此母亲很少看书了，那些关于诗书的记忆，如片片涟漪退隐心之深处。

我也永远不会忘记，年逾八旬的奶奶，后来瘫痪三年，母亲侍奉左右，悉心照料。让年迈的老人尽可能舒服一点，极尽人世之孝道。三年时光，许多生活细节，不是三言两语所能概括的。

岁月与人生，往往是这样令人惆怅。最初的浪漫美好，终会付诸似水流年，终会融于柴米油盐。母亲从教一生，可以说是桃李不言，下自成蹊。在那些清苦岁月里，母亲相夫教子，操持家务，含辛茹苦把我们姐妹教养成人。我们长大以后，常年离家在外，和母亲在一起的日子少了，平时只能打打电话，以释思念，或在短暂的假期，回去看望。我懂得这些年来，无论我漂泊何方，母亲都一直在我身后，看着我踏踏实实走路，端端正正做人，一如她自己。

我常常想起出嫁时，母亲为我准备满车的嫁妆，含着泪微笑的眼神。还有后来的我，初为人母，雏儿初长，母亲对我无微不至的关爱。此时，母亲与我的身份，都在不断转变。这就是世间女子的人生，每一个日子，每一个故事，都能够另辟新篇。如果可以，我愿长孩提，终身依母膝，将人生再重新来过。

曾经与母亲说，我愿意是这样的女子，在清幽的小镇，与相爱的人，日出而作，日落而息。在青山绿水小桥人家里，生一双可爱的小儿女，慢慢生活到老。要么在浓荫的街道开个书店、或花店，闲时沏杯清茶，看看书，养些植物。整个人生，直如某个午后的安静。间或，在落霞的黄昏听段旧戏，慢慢滋生一些前世今生之感。等孩子大了，我们成了老古董，全身盛满光阴的颜色，那个时候，总会拥有一些旧雨新朋，可以一起回忆过去，闲话流年。一生，从此终老。

我想母亲是懂我的，她一直微笑着，没有说话。这不正是父亲与她的一生之梦吗？这些年来，父亲与母亲在宁静的乡村，自然质朴地生活，几十年波澜不惊。青梅竹马有过，琴瑟和鸣有过，柴米油盐有过。记忆里那些走过的日子，淡淡一抹，便成了遥远的思绪，便成了飘荡的光阴，便跌进生命之河。那真实的一幕幕哦，一遍遍来回，模糊又清晰，清晰又模糊。我该怎么诉说这苦辣酸甜，这浮生交错？

可我坚信，纵然岁月流年如莲花之开落，人世间有的女子却容易幸福，并且一生一世，优雅到老。这样的女子，年轻时娴静细致，秀外慧中，年老时和颜悦色，慈宁安详。我的母亲就是这样的人。我相信人生的珍贵，莫过于此般岁月静好，现世安稳，母亲的一生，真正是拥有了这些。

如今两位老人，相亲相爱依旧，儿孙绕膝，其乐融融。母亲是平凡的，是美丽的。母亲，是父亲挚爱一生的女子，是父亲珍爱的容颜。每一页都是光阴的影子，与爱的年轮。

祝福老人，一生幸福，一世安康。

偶然记

“岁月忽已晚”，是《古诗十九首》里的句子。每当秋冬代谢之季，合肥的天黑得特别早，下班路上，我一个人提着包，淹没于行色匆匆的人流，这时候暮色四合，冷风四起，落叶簌簌而下，让人的心蓦地一沉，这句诗便悄然浮现于心底，静影沉璧一般。

感觉今年冬天也似乎来得有点早。十月未尽，北国就已经一片冰天雪地，合肥虽没有下雪，但也有立冬后的寒凉之气了。还没来得及好好感受一回秋景之美，还没来得及在秋天里远行一次，季节就兀自翻篇，毫不理会我们心中的那份失落与不舍。时间过得真快，一年的时光晃然而去，如今仅剩下区区一个月时间了。还记得陌上乍暖还寒，池塘生春草，还记得旧朝风日好，花开雪满枝……多少烟火寻常的日子，多少桃红蕉绿的景致，就在这样的记忆里，似水缓缓流淌着，悠然过去不复重来。当徽州路上那一树树高大的银杏，金黄的叶子与果实，在飒飒秋风里全部落尽，让出一片平坦空阔的长街，这个城市的冬天就正式拉开帷幕了。

接下来，我眼底所有的远山近水，所有的城市乡村，便要开始接受一场寒冷的洗礼，等待一场风雪的盛宴。

史铁生在《我与地坛》中有段对四季的描写可谓经典。每一句话，都是一幅诗意的画面，像一个个特写的镜头，宁静、朴素、细腻、唯美。他说："春天是一径时而苍白时而黑润的小路，时而明朗时而阴晦的天上摇荡着串串杨花；夏天是一条条耀眼而灼人的石凳，或阴凉而爬满了青苔的石阶，阶下有果皮，阶上有半张被坐皱的报纸……秋天是细雨中的土地，是古殿檐头的风铃响；冬天是啄木鸟随意而空旷的啄木声，是干净的土地上的一只孤零零的烟斗。"

在这个渐行渐远的秋天，在一些安静的时候，我总是想起这段话来。间或不忙的午后，我早早散着步去单位，一天天打寂静的园林里经过，透过被清风吹得四散的阳光，我看见身边的风景，从春夏到秋冬的风景，与这段话里所描写的一切，并无二致。面对一地姹紫嫣红的落叶，面对这样一个宁静的去处，突然间，我的内心生出一种纯粹的感动，我发现我开始懂得了史铁生，也开始懂得了自己。

无论季节如何阴晴冷暖地变化，一直以来，我总是过着简单安静的生活。这一年的空闲时间，大多和去年一样被刺绣填满了。上半年绣的是莫奈《睡莲》，下半年绣的是幅《贵妃醉酒》。《睡莲》是冷色调的苍绿，在夏天绣起来，可以让内心生出一片安静清凉，

《贵妃醉酒》是暖色调的橘红，在秋冬之际绣着，则是一种明媚温暖的好。我不知道成天这样痴痴绣着，会有什么意义，只是感觉当这两幅油画裱好，端端正正地挂在墙上时，所有为此所经历的时间，都获得了一种再现与重生。一些随生活而来的失去和获得，都变得有迹可寻。我可以和我的亲人一起，分享我内心的欢喜欣慰，分享刺绣的细节与乐趣。让一日三餐、朝朝暮暮的生活，一如流年这般的波澜不惊，平静从容。

昨天看见有人在微博里说："人的一生，如果真的有什么事情叫无怨无悔的话，在我看来，就是你的童年有单纯的欢乐，你的青春有漂泊的经历，你的老年有难忘的回忆。"这段话，令我一时间释然有悟：原来，青春竟是要用来漂泊的，也是需要漂泊的吗？这么说，我这整个的、十几年漂泊的青春与时光，原来是要成全一份无怨无悔的记忆呀！

正如《古诗十九首》里的另一句，人生天地间，忽如远行客，浮云蔽白日，行行复行行，想来在时间的水上，我们都不过是一粒微尘，我们都是行走在路上，漂泊在河中。行走与漂泊，注定是我们与生俱来的宿命。我们都是时间的渺渺过客，我们苦过，痛过，曾经有过的悲欢离合，最终也都倏忽如梦了。我们就是以这样微不足道的状态，存在于广阔的天地间，又漂泊于无边的人海里。有时候，我不禁问自己，如果没有遇见你，我将会是在哪里？那样的我，如今身在何方，又将何去何从……

我只是这样偶然，或无意地想到这些。想到岁月不居，人生忽如寄，想到在人生的旅途上，在时光的河流里，如果我们不曾相遇，你是否也会有所不同，也会是另外一番模样？

红泥小火炉

绿蚁新醅酒，红泥小火炉——在冬天，最愿意记起的就是这个句子了。可能因为冬的寒冷本质，我们更加需要一幅暖色调的画面温暖自己。想象着屋外大雪纷纷扬扬在下，屋内炉火其华灼灼，映着几张酡红的脸。三两知己，促膝端坐于梅香隐隐的寒窗前，斟两盅新酿的绿蚁酒，随意浅酌，或深饮一番。人生里再平常不过的相遇、相知，却是这般慰人心肠。

绿蚁新尝，其色、其香、其味若何？醅之绿，是萋萋芳草的绿，还是青枝绿萼的绿？其香，是深谷幽兰的香，还是月下落梅的香？其味呢，是绵甜醇厚的好，还是贴心贴肺的暖？

雪下得正酣，一下就是千百年。樽中酒淡绿，尝一口则浑身暖透。不过红楼里，宝玉湘云大雪天在芦雪庵烤鹿肉，一通割腥啖膻、大吃大嚼下来，却是连酒也不要的，照样兴致盎然。只是不知道，后来大家一起即景联诗，联至“价高村酿熟，凭诗祝舜尧”时，喝的可是此种绿蚁酒？

好在红泥小火炉倒是见过的。记得小时候，每到冬天，父亲便从仓库里拿出一只泥炉子。是那种粗而不拙的模样，土红色炉身上，一侧疏疏勾勒着几笔兰草，另一侧斜嵌着两行清秀草书。父亲用抹布擦去附在炉身的灰尘，将燃着的木炭放进炉中垒就，撒把细盐，炭火瞬间旺盛起来。这时候，母亲把火锅烧好了，从厨房端出，父亲接过，乐呵呵地放炉上。一时间，红红的焰苗呼呼窜起，相拥着跳跃。不一会儿，小火锅内便沸汤翻滚。有时候是鱼头豆腐慢慢炖着，有时候换作了咸鸭千张，飘来诱人的香气。在生活简朴的当年，这算得上寒冬腊月里最好的美食。一家人围坐在小火炉边，准备开饭了。可火锅架在炉火上，个子矮小的我们，总是够不着。这时候父亲和母亲，开始一遍遍地将菜夹到我们的碗里。叫我们慢点吃，小心别烫着。

若是家里来了客人，母亲会早早炒好几个小菜，温一壶老古井酒，然后把火锅隆重地放在桌子中央。桌上，鸡蛋肉卷酥黄酥黄的，用大盘盛着。碧绿怡人的芫荽、鲜嫩欲滴的茼蒿、红根绿裳的菠菜，在一旁堆得高高的，五彩缤纷，煞是热闹。父亲和新朋旧友们围坐一起满斟对饮，行起酒令划起拳，好不惬意。席间高谈阔论者有之，推杯换盏者有之，幽默诙谐者有之，情绪高涨时，大家纷纷开怀畅笑着，声音如雷贯耳，那样的场景和气氛，是童年记忆里最热闹的一幕。年轻时候的父亲有种脾性，一个人的时候很少喝酒。父亲说一个人喝酒没味道，没感觉。只有亲戚朋友来了，他才会酒兴大增。有那么几年冬天，父亲都是用这只泥炉子，弄一份热腾腾的火锅，接待他的客人朋友，相酬他的三两知己。

如今，这样的红泥小火炉早就遍寻不得了，连同那些旧去的时光，都成了永远的回忆。不过，父亲当年的那些老友，大多还常来常往。几十年的兄弟朋友，同甘共苦过，患难相随过，如今还能隔三差五地聚在一起，把酒言欢，共话桑麻，怎么说，也都是人生里的一种幸福。虽然都一同渐渐老了，可仿佛那陈年老酒，老得清澈，老得透亮，有了一种可亲可念的醇厚滋味。老友来了，那就举杯畅饮吧。喝！喝掉岁月风霜的凛冽之寒，喝出亦苦亦乐的人生底蕴。有时候，人生也许就是一部需要重温的老电影，几杯酒下肚，窖藏了几十年的岁月，开始一遍遍涌上心头。

火锅内汩汩作响的，依旧是鱼头豆腐，依旧是咸鸭千张，管它外面天寒地冻，屋内总是暖意融融。你言我笑间，聊的都是平常百姓的话题。几个回合下来，酒量不大的，竟有些微醺状态了。也许，酒真的是一种慰藉，也是一种释怀，是越喝越暖的。就像窗外一年年兀自盛开的腊梅，金色的瓣，如脂如玉，缀在虬劲的枝头，开成冬日家园里的一笔好景致。

元旦回家时，我思忖着带点什么给父亲呢。突然想起家里的电火锅旧了，就给父亲带只电磁炉备用吧。长冬漫漫，晚来天欲雪，院里的梅花又开了，我想父亲一定按捺不住，一定又催促着母亲，早早将火锅弄好，文火慢慢炖着，一边买回两碟卤拼，一边电话身边的老友：“能饮一杯无？”

人间有味是清欢

我还是忍不住，说起这阳光的好，连日来如此晴朗，很是令人舒畅。同时，风也是缓和静好的，有时候，其实就是没有风的吧。

天空，也透出浅浅的蓝。纵然不再是秋日里，那种天蓝云白，万里碧透的感觉，如今呢，是慢慢淡去，慢慢沉淀。这种感觉，使我想起《青花瓷》的歌词："素胚勾勒出青花笔锋浓转淡，瓶身描绘的牡丹一如你初妆。冉冉檀香透过窗心事我了然，宣纸上走笔至此搁一半。"

是的，冬日的晴空，就是这"素胚勾勒出青花"，笔锋由浓转淡。而晨曦升起时，还是含苞待放的橘红，没一会工夫就流光溢彩，渲染了大半个天空，灼灼光芒，愈来愈耀眼夺目，一发不可收拾了。有了那种绮美的晕彩，是那牡丹倾国倾城，冉冉有檀香的。

阳台上，花花草草早已停止生长。滴水观音秋末时抽生的嫩叶瓣，如今一个多月了，一直蜷缩着。前段时间，在空下来的花盆里，栽了几棵葱蒜，没成想竟然长得特别蓬勃，有郁郁葱葱的绿意。其间，还生了一些青草，绿油油的，很是惹人喜欢。不舍得拔去，就让它与葱蒜一起生长吧，直长到小楼春雨的时候，也是好的。我不由想起母亲的菜园里，一畦畦白菜、蒜苗、胡萝卜，也是如此疏密有致，如此相亲相爱，缠绵着生长在一起。

得空回来，我便要翻晒被褥。将枕头、靠垫、棉鞋，都悉数搬出，让它们尽情地享受阳光的温暖吧。无垠的阳光把整个房子、窗外万物都揽入了怀，纵横的城廓、城廓外的田野、村庄、河流，山峦，也都沐浴其中，无边的辽阔与祥和。我想，阳光有一种感化众生的力量。温暖明亮的光辉，是一种熨贴和布施，没有了时光飞逝的仓促感，一切变得迟缓而平和。连我这个多愁善感的人，也没有什么愁绪了，让人只感觉到世俗生活的好，让心情变得安逸舒适。

老人是最爱晒太阳的。每到冬天，超市前面落地玻璃窗的长廊里，清一色的全是从家里走出来的老人。他们带着自家的桌椅板凳，有时候一坐就是整个下午，打着牌，下着棋，直到黄昏。身边的小宠物，好多都穿着花花绿绿的衣服，在地上翻来滚去的，相互交头接耳的，很欢乐的样子。

记得东坡先生有句诗词说得好：“人间有味是清欢。”而东坡这个名号，在孩提时候读起来，脑海里的印象一直就是那阳光下的山坡。或许，还有几个放牧的孩童，和一些没词没调的歌谣，也说不定。

蓼茸蒿笋试春盘，人间有味是清欢。却原来，再多的鲜衣怒马，终是抵不过一蔬一饭，布衣粗茶。清欢是一种胸怀、一种智慧、一种修养，更是一种人生的留白之美。清欢如人饮水，冷暖自知，清欢是一盏茶、一卷书、一把琴，一程远山近水，一片细雨斜风。是岁月浓淡总相宜，心若自在清澈，自是朴素丰盈，清欢无限。

爱是心中最美的宗教

落过一场雪，天渐渐放晴。我一边做家务，一边听音乐，打发闲散时光。这时候窗外飞来一群小麻雀，在阳台的花盆里叽叽喳喳，上下跳跃。我走进房间，调低电脑音量，好让这种清脆的鸟鸣声盈盈于耳。虽然听不懂它们说什么，可我听见鸟儿的内心，分明有一种欢快的调子。这种雪霁鸟喧的气氛，是明朗开阔的，足可感染一个人，特别是在这寒意沁人的冬天。

我的桌上，一尺阳光若隐若现，两本书静静地卧着，恰似窗外还没舍得融化的，三三两两的雪。藕白色的哑光封面，墨色的行楷，两寸厚的脊背，有千言万语密密集集于其中。书架上，供着几茎水仙，清香也是若有若无，仿佛已淹没在一曲随机流淌的《睡莲》里。

今天腊月二十。孩子放假和爷爷一起先回老家了，剩下我一个人独自寂静。孩子说，放假了，就可以和姐姐弟弟们一起玩了。我能想象出他们在一起时卿卿我我的样子，这多像我们的小时候，所有的快乐，都是那么清澈见底。从某种意义上来说，童年是人间唯一的天堂。我希望，我的孩子可以慢慢地长大，慢一点，再慢一点。因为过了童年，人生再无天堂。一个人长大了，到后来缠绕十指间的，就只是一大段一大段绵绵不绝的旧时光，剪不断，理还乱。

一个人独自寂静，不写点字似乎有点辜负良辰美景。前些年，我还喜欢发些帖子，在论坛里消磨时光，可渐渐也就倦了，乏了，感觉无话可说了。也许一个人在时光里一路跌跌撞撞，到后来只会将性子一点点往回收，默默收回自己的内心深处。渐渐的，只喜欢一个人发呆，让自己陷进一种寂静。感觉有些时候，人是需要以一种寂静的方式来取暖的。或者索性沉浸在文字里，在文字里一遍遍寻找，寻找那些深藏于时光印迹里的旧日，找寻一种恍如隔世的温暖。只喜欢一个人，这样静静归于文字，让一些缓慢的述说落到实处。让自己与自己的灵魂，在有生之年一次次狭路相逢。

感觉与文字有一种与生俱来的亲切，宛如宿命了。

我喜欢现在的自己。日日如是的柴米油盐，构成这种平庸安稳的生活，我喜欢着；心灵深处的慈悲懂得，让我收获生命的成长和蜕变，我喜欢着；一个个来到我生命里的人，我喜欢着；发自内心的不奢望不苛求，我喜欢着。

我很高兴喜欢我的人，他也是安静温暖的，能够宽容我许多的缺点，包容我的坏脾气和小性子。我是如此平凡普通，没有一点过人之处。我们都是芸芸众生的一份子，有着清静自守、柔软善良的内质。看着这个你忙我累的人世，我常常在想，我们这短暂的一辈子，是不是可以尽量少一些汲汲营营，多一些清明智慧呢？让每个清晨与黄昏，都有一种临水而居的味道。

有时候，我喜欢心怀一种淡淡的欢喜，远远站在某个地方，看人影婆娑、夜渐阑珊之美。不管是在一片灯火璀璨、笑语喧哗的大厅，还是晚间车水马龙、纵横交错的街道，我都能感知到这种自心底升起的宁静远意。当我目光游离迷蒙之际，发现有个眼神，正在光芒深处将我寻找。这种寻找，给我一种家的感觉。一种多年的朝夕相处，让我们的气息，终究相互渗透。我们的心思越来越低，越来越相似。发现活在尘世的低处，也是一种境界。

我迷恋这种世俗生活的温暖，喜欢自己这种很容易喜悦，很容易满足的状态，唯愿岁月静好，现世安稳。学会把“珍爱”一词，放在心中，种善因，结善缘，今生今世，爱是心中最美的宗教。

除了爱，人间再无天堂。

让我们从容相爱，如叶生树梢，让我们从容生活，如草生堤堰。我愿意这一辈子，有一种植物的属性，有这样的从容之美，一辈子，活在尘世的低处，有一种随时间而来的温暖，陪我走过今生所有的日子。

辑六

愿你一生被爱，有枝可依

愿你一生努力，一生被爱，有梦可寻，有树可栖，有枝可依。只以赤子之心，珍惜三百篇的美好，只以相知为镜，预约白发上的月光。

在梅边

这些天，我的心里老是惦记着一桩事。正月将尽，想着附近的梅花肯定是开了。上午正好有空，不妨去看看。雨不大，我就拿把伞出了门。星期天，路上行人也不多，往赤阑桥的方向慢慢走，再往环城路左拐，不过十分钟路程。

像这样在下雨的时候去看梅花，平生还是头一遭呢。站在桥头，隔着一片水域，朝梅园的位置远远望过去，映入我眼帘的，是一片片动人的粉红、粉白。对了，还有那幽幽的绿，真好看。像一个美丽依稀的梦，轻轻飘浮在细雨中，飘浮在这早春时节。

尽管下着雨，但也有三三两两的赏梅人。有两个极年轻的女孩，走在我前面不远处，一看到梅花，满是惊喜的语气：“哇，好漂亮！”这赞美的声音，在梅林里格外清亮地回响着，也感染了我。这时，我看见有一对老年人，在亭子旁边，用手机拍着一株绿梅。这个亭子上下两层，筑有回廊曲径，周围参差树木，常年蓊郁，一片葳蕤。记得每逢春暖花开，附近的票友都喜欢来这里唱戏，以一种自娱自乐的方式，对着大好春光，尽情地抒发心中无限情怀，人人兴趣盎然。如果这时候来这里，是最热闹的。而一年四季，每天都有晨练的老人，在此舞剑，或者打太极。梅花就在他们身边开着，朝朝暮暮，谢过，暮暮朝朝。

由于前些时日天气暖和，今年梅花开得真是早。我还是来迟了一点。当我走到梅林旁，发现开得正好的、或者未开的几处，只是一些矮小的梅树。大部分梅花，都已经纷纷飘落了。红梅、白梅、绿梅，许多花瓣，直簌簌落满了一地，似胭脂、似白雪、似碎玉。香气也愈淡、愈清了，算是残梅之妆啦。枝头未谢的花瓣，被雨水濡湿过，伸手轻轻一碰，花瓣便散落在衣袖上。真个是“砌下落花如雪乱，拂了一身还满”。

可能是去年冬天不太冷，也没有下雪的缘故，这眼前的梅，开得清瘦极了。不过这株绿梅，满树的花朵经过雨的濡湿，虽没有了那种珠圆玉润的姿态，只剩了一些韵致，但骨子里依旧一番好丰神，还是那般古色古香的绿，像一个手执诗经，临水照花的女子，着一身清雅，从古典的镜头里，迤逦而来。

想起《牡丹亭》里的杜丽娘。那时伊才貌端妍，年华正好，却是个为情而死，为情而生的宿命。读过《诗经·关雎》篇，便相思成疾，落了个多愁多病身。弥留之际要求母亲将其葬在梅树下，嘱咐丫鬟将其自画像藏在太湖石底。三年后，那个叫柳梦梅的人，赴京应试，借宿梅花庵观中，梦见了伊，梦见伊那倾国倾城的貌。

一个爱情的神话，就这样在衣香鬓影之中粉墨登场了，成了千古的绝唱。“原来姹紫嫣红开遍……良辰美景奈何天，赏心乐事谁家院……则为你如花美眷，似水流年……”，尽管一曲曲清音，带着无尽的美丽与哀愁——黛玉，就是在一个暮春葬花归来，于梨香院墙外听到这些，一时入了戏，痴了神，心里直道“原来戏文上也有好文章”，却忘记了石头上的沁凉。

正如《在梅边》里这样唱道：“这厢是梦梅恋上画中的仙，那厢是丽娘为爱消香殒碎。在梅边，落花似雪纷纷绵绵谁人怜，在柳边，风吹悬念生生死死随人愿。千年的等待滋味，酸酸楚楚两人怨，牡丹亭上我眷恋日日年年未停歇。”

多么美丽而缠绵的爱情啊！三生路上，他们一直用梅的清香，为心灵取暖，一直用梅的清香，慰藉着人间无尽的苦寒。

回来时，我发现衣服和伞上，都沾了一些梅花的瓣。用手拂了拂，很潮湿。突然间想起一个情节：宝玉从栊翠庵讨回一枝红梅，而后在芦雪庵联句，黛玉为其执笔，说：“你念我写。”我极喜欢末了一句：“槎枒谁惜诗肩瘦，衣上犹沾佛院苔。”

我念着这个有禅意的句子。窗外，仍旧落着细细的雨，我心想，若果真有他生他世，就把我也投生成一个多情的公子吧。

花开之前，花谢之后

每当樱花盛开的时候，我喜欢看有关樱花的电影。是的，没有比满开的樱花更漂亮的了。只可惜，樱花一旦盛开之际，也便是凋谢之时。花开之前，还是和风，还是细雨，意绵绵静日玉生香。花谢之后，是质本洁来还洁去，一样美得清寂，幽绝。

我爱上了日本古典电影里，那些像樱花一样沉静寂美，却荡气回肠的故事。比如《花痕》：那是江户时代东北小藩海坂的春天，溪流潺潺，樱花似雪，尘世里所有不期而遇的美好，宛如一幅清明上河图徐徐展开。身着和服的美丽少女，云鬓高挽，一路逶迤，带着各自的仆从，带着精致的食物，来到樱花树下静坐，赏花。

江口，一个身份低下但剑术超群的普通武士，以登，一位出身名门且精于剑道的贵族小姐。她和他一生仅有三面之缘，初见在赏樱时，再见为比剑时，三见是雪落出城时。没有一次是两人单独相见。最后一次雪夜，他对她深情的目送，她甚至并不知晓。

但他的心底，却已深埋下了她的影子，有如影片名字一般，是一抹摇曳于记忆深处的“花痕”。

若第一次赏樱初见，尚未互生情愫，那第二次比剑对决，一定彼此惊心。纵然郎有心妾有意，可是，他们都是各有婚约之人，他们的相遇，只是一场比剑论道而已，尽管两人心底，已是花影相映，芳意相惜，但是此时处境艰难的他，唯有匆匆结婚，这是作为武士最好的出路。青春正好的她，也得乖乖听从父命等待出嫁。可她对这场樱花树下的比试，一直念念不忘，因为在当时身为女子，即使剑术一流，也不会得到世人认可，只有他，是真正把她当成对手，当成知己来对决的。一生一次的对决，一生一次的知遇，一生一次的相逢，她与江口之间，仅此而已。

《花痕》从头至尾，没有一句爱恋的表达，一切尽在不言之中。每一个镜头，每一个画面，都是行云流水般的安静。那年海坂的春天，远山有渐渐融化的冰雪，有临水而生的芦苇，有漫山漫野的樱花，有淙淙不息的溪水，而她千回百转的爱恋，却这般随着落花流水，一点点沉落心底。回想起他们那场唯一的比武，也是在父亲的关注下，小心翼翼地在抒情，在传意，当樱花随风轻轻飘落，当突然听到他被人陷害被逼自决的死讯时，她也只是在屋中静静坐了一夜，眼泪竟未见一滴，脸上的表情不显山不露水，内心却积压着千般悲愤，万般隐忍。他与她的遇见，不过惊鸿一瞥，花开之前，是对的人，是错的时间。花谢之后，是士为知己者死。她从此费尽心力为他复仇，坚毅的眼神里，透着惊世冷艳，摄人心魄的美。

故事铺垫到这里，我想应该提到另外一个人，她的未婚夫才助了吧。看似一副市井模样，大大咧咧的才助，实际上却是大智若愚，超出了我们的想象。每每看着眼前长相平凡、吃相不雅的才助，她的心中总是黯然神伤，却也只能一边为江口之死暗下追访，一边默默接受命运的安排。而外表粗拙，内心却细腻的才助，却悄悄地帮她查明一切，助她手刃元凶，扎好她受伤的胳膊，平静地说："赶快回家，记得从后门进去，不要被人发现了。剩下的交给我吧。"原来，是这个看似普通平凡，但才智过人的才助，一路紧紧跟随，巧妙地帮她脱离险境，让她得以全身而退。

转眼又是樱花季节，还是素年昔时，那枝开得最美的樱花，让她再次驻足流连。而她的未婚夫，那个大大咧咧的才助，不知何时已经在附近一边赏樱，一边大快朵颐，憨笑不已。他望着盛开的樱花，她却望着憨厚的他，忽然之间，她似乎读懂了身边这个男子，心底升起一股从来没有过的柔情顺意。是感激，是欣赏，也是认可。于是她莞尔起身，跟在他身后，婀娜而行，以一种低眉小女子才有的羞涩之颜，跟随他一起沿着开满樱花的小径，且步履温柔，且缓缓归去。身后，雪一样的樱花翩翩在盛开，在飞落，美得令人窒息。

是的，樱花就是这样。所有的盛开与凋谢，都在刹那之间，一卷卷的繁花似锦，一重重的万水千山。花开之前，花谢之后，世事总是千万重，或轰轰烈烈，或缠缠绵绵，或冷冷凄凄，或平平淡淡……哪一种才是适合你的，才是你心底的刹那，或今生的永恒？

唯有，一抹摇曳于记忆深处的“花痕”了。

好在这个故事的后来，可谓峰回路转，让人心头渐生一寸寸温暖与明朗，让人感觉前面所有的铺垫，都是值得的。原来，一个女子最好的归宿，与最大的安稳，是有人能真正为你撑起一片蔚蓝无比的晴空。既然那短暂的初恋，注定一如樱花，零落成泥成冢，心底那层层的涟漪，也开始随着时间的流逝，渐渐恢复平静。是命运的辗转起伏也好，是因缘的一期一会也好，这个春天，总归是千帆过尽，是雨过天晴的春天了吧。此后的年华，不再耽于风花雪月，不再需要惊才绝艳。接下来的岁月，有更宽厚的肩膀，和更温暖的微笑，一直在时光的转角，踏踏实实地等着你，珍爱你。

于一个女子，如此已经足够。如此，便是柳暗花明。

樱花，还是年年岁岁地盛开。那么美，那么繁盛，又那么安静。有人说，早春赏樱的女子，穿着白衣走在樱花树下，仿佛走在前世之旅。也许，所有的前世，都是一个安静深远的梦，而所有的樱花，都是一场如期而至的雪。今生呢，能够得遇一个温柔宽厚的人，从此后男耕女织，生儿育女，只要今生能够美好地在一起，就是相濡以沫，就是云淡风轻了。

十二橡树的黄昏

记忆里，有个黄昏很忧伤，那是十二橡树的黄昏。有件衣裳很美丽，那是一件苔绿的长裙。那年春天的许多个黄昏，我一直沉浸在一部小说里。有一段文字，我愿意一字一句地敲出来："时间过得真快，在新翻耕过的田地那边，太阳已经西下，河对岸高高的树林已经在幽暗的暮色中渐渐地模糊了。家燕轻快地在场院上空飞来飞去，小鸡、鸭子和火鸡都纷纷从田地里回家来了。"

是的，这是 1861 年塔拉庄园的黄昏，独属于思嘉一个人的黄昏。那天傍晚，思嘉突然得知艾希礼即将结婚的消息，这如同晴天霹雳。她忧心如焚，一下子跌进了痛苦的深渊。她假装要去看落日，匆匆去往野外，坐在一个树桩上，等待父亲骑马回来，期望父亲可以帮助自己。她的眼光，沿着那条因早晨下过雨而变得血红的大路向前搜寻着，到那懒洋洋的弗林特河畔，越过荆棘杂乱的沼泽谷底，再爬上一个山冈到达十二橡树村，艾希礼就住在那里。此时，这条路的全部意义就在这里，它通向艾希礼和那幢美丽的像希腊神殿般高踞于山冈上的白圆柱房子。

她凝望着十二橡树村的方向。也许，在思嘉的青春时光里，她是把整个的生活憧憬与爱情梦幻，都倾注在这里了。每一天黄昏里鲜红的落日，都是从十二橡树那里慢慢落下。就像塔拉上空的风，和从塔拉身边流过的河流一样，从未停歇。而明天，又将是新的一天？这一刻，思嘉不敢想象。不敢想象，对一个女子来说，是件多么令人不安的事情啊！

"她一直在等着父亲归来。太阳已经沉到地平线以下，大地边沿那片红霞已褪成了淡粉色的暮霭，天空逐渐由浅蓝变为知更鸟蛋般淡淡的青绿，田园薄暮中那超尘绝俗的宁静也悄悄在她周围降落，朦胧夜色把村庄笼罩起来。那些红土垄沟和那条好像刚被雨水淋过的红色大路，也失掉了神奇的血色而变成平凡的褐色土地了。大路对面的牧场上，牛、马和骡子静静地站在那里，把头颈从篱笆上伸出去，等待着被赶回棚里去享受晚餐。它们不喜欢那些灌木丛的黑影把牧地小溪遮蔽，同时抽动双耳望着思嘉，好像很乐意人类的陪伴似的。在河边湿地上那些在阳光下郁郁葱葱的高大松树，在奇异的朦胧暮色中，如今已变得黑糊糊的，与暗淡的天色互相衬托，好像一排黑色巨人站在那里，把脚下缓缓流过的黄泥河水给遮住了。河对面的山冈上，威尔克斯家的白色烟囱在周围的茂盛的橡树林中缓缓隐去，只有远处点点的晚餐灯火还能照见那所依稀存在的房子。暖和且柔润的春天气息，带着新翻的泥土和蓬勃生长的草木的潮湿香味，慢慢地包围着她。”

这段对黄昏景致的描写真美，如诗如画。使人无由地想起《诗经》里的“日之夕矣，牛羊下来”，等待与黄昏，都是一种亘古的蛮荒，是日月难以算计，它一天天落往人生宁静的背后，化作一记夕阳的颜色。

如果没有那场南北战争，思嘉会如母亲爱伦一样，一直活在自己的世界里。即使爱情之梦难圆，但足够有长长的一生，用来享受贵族生活的悠闲自在。只是，一切该发生的、不该发生的都发生了，且猝不及防。不久，南方战败，世事陷入一片狼藉。母亲染病去世，父亲也从此苍老。从此是思嘉独自撑起了塔拉的一切。她得去亚特兰大向白瑞德借钱，维持生计。但这时候，她没有一件可以穿出门的体面的长裙了。她不得不扯下苔绿色天鹅绒窗帘，用来缝制衣裳。记得读小说时，感觉身着这套长裙的思嘉，极美，是那么有胆量与气魄。把女人的小心机与大智慧，发挥到了一种极致。电影里，费雯丽那一袭绿色长裙的扮相，将思嘉演绎得恰到好处，给人留下了深刻的印象，百看不厌。

事实上，这件用苔绿色窗帘做成的美丽长裙，并没有给思嘉带来好运。白瑞德分文未借，这个男人如她一样精明过人，洞悉了思嘉的伎俩。同时，已被关进监狱的他，正身处困境，并有性命之忧。好在故事仍在继续，一切皆有可能，毕竟，明天又是新的一天。

《飘》是我最爱的一部外国经典，有史诗之美。或许等我老了，在某个春天的黄昏，面对迟迟落日，还会一遍遍阅读、咀嚼与回味，享受这些厚厚的文字带给我的生命余温。记得小说里还有这样一句话："对于思嘉来说，落日、春天和新生的草木花卉，都没有什么奇特之处。"但战争爆发，这些本一如既往的事物，却都破碎瓦解了。当大片大片的火焰吞没了整个城市，一片奇怪而难以形容的红光亮彻天际，大军压境，思嘉已无路可逃。在战火连天的夜晚，她凭借着白瑞德极力弄来的一辆破马车，载着艾希礼的妻儿，日夜兼程，一路颠簸，在一个黄昏，终于返回塔拉——这里，是自己的家园！父亲母亲都在家里等她！

只是，眼前的塔拉已经满目疮痍，今非昔比。十二橡树村在战火中早已化为灰烬，那是艾希礼的家，是他流连多少年的田园牧歌式生活，从此不复存在！那曾经无比丰饶的财富与幸福，已经被战争洗劫一空，荡然无存。苦难不容忽略地开始降临人间，直如荆棘丛生，背负在一个女子的心上。这时候，思嘉深深懂得，当美好的时光随风飘逝，一个属于南方奴隶主的时代瞬间成为历史。在那段苍茫岁月里，战争和爱情，哪个更能刺伤女人，哪个伤口更深？思嘉已无暇顾及，就在那个黄昏，这个美丽坚强的女子，开始摒弃旧我，认清自己，从此在苦难之中重生，俨然一只脱胎换骨的蝴蝶。

诗歌、春天和爱情曾经来过

电影《明亮的星》，写的是诗人济慈与芬妮的爱情。影片镜头很美：中世纪爱尔兰风格的乡村，洋溢着一种迷人的田园风情，唯美、梦幻、浪漫。金黄色的水仙花田野，开满紫色风信子的牧场，白雪皑皑的冬日森林，不同的季节，不同的景致，看起来都是美的。

两个相爱的人，在芳草地里散步、在参天的树下拥吻，双手紧握，眼神依依不舍。

影片的名字，取自济慈写给芬妮的一首情诗：明亮的星（Bright Star）。又名《璀璨情诗》，影片有一种寂静深沉之美。静默的画面上，能听到风吹原野的声音，听到细腻悠长的呼吸声，甚至能分辨出诗歌里句子之间的沉默和空白。最后，你也会听到灵魂深处，怦然心跳的声音。

“这首诗的开头很好，之后呢……之后，便不再尽善尽美。”这是芬妮在评点济慈的《恩狄弥翁》，未尝不是关于生命本身的注解：开始时明亮不可方物，充满希望，然后被岁月、被世俗磨损，在妥协和退让里渐失光彩。这也成了她和诗人的爱情谶语，他们的青春和情爱受着现实绞杀，无可奈何花落去。

济慈和芬妮，尽管爱得深切缠绵，可他们始终没有机会淋漓尽致地爱过对方。芬妮是犹豫的，她不够自信，她怕她的爱把他带离了原来的世界，怕这爱成了他的累赘；济慈也是踌躇的，他没有钱，没有健康，他怕他的爱，只能让她成为一个年轻的穷寡妇。

这里面很多的细节，需要到影片中去慢慢体会。

活在精神世界里的诗人，能不能谈一场寻常的恋爱？或者，精神之爱能不能不被世俗打扰，总是保持它最初的模样？也许，两个问题都经不起现实的风雨。他们中间夹着芬妮的母亲，一个担心女儿后半生依靠的寡母；夹着布朗，济慈的好友，他自以为对济慈纯粹的“精神友爱”，被他的私心腐蚀成庸俗的独占欲，以至他站到芬妮的对手席上，把两个人的爱情变成了三个人的纠葛；夹着济慈的一群朋友，他们坚持把他送去意大利疗养，而船票只买了一张。两人的爱，终于被现实的旋涡吞噬。伦敦郊外的田园牧歌，看似不惹尘埃，却不是他们的桃源。

约翰•济慈（1795 年—1821 年），英国浪漫主义诗人。出身卑微，少年即成孤儿，生活贫困，做过医生助理。自幼喜爱文学。有诗篇《夜莺颂》《希腊古瓮颂》《秋颂》《忧郁颂》，及十四行诗《白天逝去了》等。他的诗想象丰富，绚丽多彩，诗中有画，色彩感和立体感强，具有一种永恒的美。一如温柔清丽，而又梦幻般恬静的月光。他主张诗人以“美的梦幻”“自由的想象”进行创作，表现“永恒的美的世界”。

济慈在自己 25 岁那年就去世了。也许，在他短暂的生命里，只有诗歌、春天和爱情曾经来过。

最遥远的距离，最安静的声音

影片《最遥远的距离》里，那个女孩，是我很喜欢的。她是一个我愿意用“清爽干净”来形容的女孩，她是桂纶镁。她的姿态，她的气质，她清澈可人的眼眸，以及独有的磁性声音，缓缓地透出一种懒散，一种清冷和清越，可一点也不拒人千里，倒很是亲切随意，有一种舒适的柔软，与满不在乎的自信，让人喜欢和放心。

喜欢这样清懿如莲的女孩，唯美地出现在镜头里，映入我的视线。记忆里，这个故事情节，其实已经模糊不清了。只记得剧中人没有多少交集，都是在演独角戏。他们天南海北，彼此陌生，整部影片，只以声音为线索。

剧中的男孩是个录音师，始终活在失恋痛苦之中。也许是为了暂时的逃离，也许更是想用声音完成自我的救赎。于是，他离开台北，去了遥远的台东，录下了所有吸引他的声音：海浪扑打着海岸的呼啸声、晚风吹过原野散发有青草气息的声音、枯枝燃烧时焰火爆裂的声音、树林中松鼠嘎嘎的求偶声、鱼市场鲜活而朝气蓬勃的叫卖声、小学生单纯清朗的嬉闹声……他将这些自然界最美的声音和真挚的告白，一卷一卷地寄给自己的初恋。希望可以触动她的心，挽回这段感情，却不知道她早已搬离。

而桂纶镁扮演的女孩，刚搬到这里。她，陷落在窒闷无趣的上班族生活，以及一段似乎没有出路的恋情中。看着这一封封远方寄来的信件，都是寄给她所不认识的前房客的。她忍不住好奇，拆开了别人的私密，于是，她听到了那些自然的天籁。还有那些安静的独白。她抗拒不了隔着耳机传来的声声召唤，她离开了台北，去到台东，循着声音，一程一程地寻找、接近声音以及录音主人的所在。

所有的寻找，都是缘于一种声音的诱惑。仿佛磁场一样，神秘地吸引着一颗纯净的心灵，向之靠近。因为，她相信，最接近声音的地方，也是最接近自己的地方。

很喜欢影片结尾，他们还是相遇了。没有多少兴奋的对话，只有一种含蓄而悠扬的默契，流动在空气里。两人仿佛不是初相识，而是久别重逢。一切都是不经意的，或者说漫不经心的，就像他们的故事最初很美妙，最后很耐人寻味，这是一种最遥远的路程，却可以通向内心深处，接近内心那个真实的自己。

当一个人，把自己最真实的内心，向你一点点流露与默默展示时，这真的很珍贵。这样的心灵，是鲜活美好的，简单丰富的。我喜欢凝神细听一个人的内心独白，这种来自心底深处的声音，宛若素净的花朵，一点点绽放在干净的镜子面前。每个稍纵即逝的美好瞬间，被各自的心灵一起体验与放大。生命里有过的，一些很容易忽略的细节，会蓦然间悠然浮现于脑海，从而照见最真实的自己。那是一个需要向时光深处漫溯，才能触摸得到的自己。

就像一片叶子的安静生长与凋落，也许最初的最初，是为了成全生命的花与果。到后来，却是一步步深陷时光，尽有苍绿了。曾经的一蓑烟雨，曾经的苦辣酸甜，都成了生命里最安静的声音，最安静的记忆。

是从何时开始，我如此贪恋起安静的感觉？是在一个博客上看到这样的话："喜欢的歌静静地听，喜欢的人远远地看。"这也是一种静好的声音，听起来，自有一种相互懂得的温柔。是的，时光无涯，此生有涯。有一点自己喜欢的事物就好。凡事，安静地喜欢也就可以了。喜欢是一种淡然的微笑，一种从容的绽放。是一种安静的珍惜，与自我的圆满。

而有些声音，本就安静如初，仿佛一朵清懿的睡莲，素素然于时光的水底，一低头便能遇见。

白流苏的绸缪心事

春天的晚上，我看过几页《倾城之恋》，夜已深。一轮静谧的月光从窗檐背后，缓缓升到万家灯火之上，一天天慢慢圆满了。经过一段阴雨连绵的阻隔，这乍现的月，真是有些特别的模样。开始是温暖的、花未开般的红，等夜渐阑珊后，才暗暗变成清冷的白了。直让我想起白流苏，想起她那张月光般的脸：“她的脸，从前是白得像瓷，现在由瓷变为玉，半透明的轻青的玉。下颌起初是圆的，近年来渐渐尖了，越显得那小小的脸，小得可爱。脸庞原是相当的窄，可是眉心很宽。一双娇滴滴、滴滴娇的清水眼。”

毕竟28岁了，怎么说，也都是别人眼里的败柳残花。但她，就是有着倾城的白，真是不枉这个清雅洁净的姓氏。感觉白家六小姐这张脸，随着青春的盈或亏，终究有着月亮的禀性与气质吧，那娇脆的轮廓，眉与眼，美得不近情理，美得渺茫。以至范柳原换了一副声调，笑道：“别忘了，你的特长是低头。可是也有人说，只有十来岁的女孩才适宜低头。”

这句话，俨然就是“最是那一低头的温柔”的白话版。也让人想起另一段写在照片背面的句子：“见了他，她变得很低很低，低到尘埃里。但她心里是欢喜的，从尘埃里开出花来。”

那轮民国的月亮，在民国的文章里明晃晃地照着：故事里，白流苏“那一低头的温柔”，分明晚了十年。十年过后，流苏的低，是别人眼里司空见惯的低，可在范柳原心头，却算得一番千寻万觅的好。而照片背后张爱玲的低，却是自己心里不问来由、不可救药的低，是胡兰成眼中轻而易举的懂，低到了尘埃里，他只消用眼便懂得了的。而心还可以留着，继续到别处。

同样是一场战争，故事里的红男绿女，从上海滩头走到香江之岸，终于走到一起，成就一场“倾城之恋”，也终于执手偕老了。而写故事的才女，与那个祖籍浙江嵊县的才子，他们的爱情呢，到后来唱走了板，跟不上生命的胡琴，咿咿呀呀拉着，在万盏灯火的夜晚，拉过来又拉过去，说不尽的那些个苍凉的故事，不问也罢！

还有什么可问的呢？人心，大抵是自私的。有些男人的心思，是惯于计算，有处世一般的精明。而女人的心思，多半是喜欢计较，却是真正的糊涂。不过，一旦岁月不再静好，现世不再安稳了，你和我，男和女，才子与佳人，都逃不脱一种沦落在天涯的命运。当战争的阴影铺天盖地而来，所有的爱与故事，到头来，都不过一刹那间的烈火烹油，鲜花着锦——沧海桑田过后，换了人间。

斯时斯世，盛开的依旧不断盛开。只是，有的终将是萎谢了。

到头来，终究是一场荼蘼花事。在盛开的当下，那一刹那的圆满，是沧海月明，是暖玉生烟，是朱红洒金的好。是戏里唱到的“原来姹紫嫣红开遍”，似这般良辰美景，似那般赏心乐事。后来吧，直吸到锦瑟光阴的背景里去了，冷月如霜，静夜凉初透。

想起邹静之编剧的《倾城之恋》片尾，在范白二人的婚礼中，流苏引用《诗经·绸缪》一诗：“绸缪束薪，三星在天。今夕何夕，见此良人？”我一直很喜欢“绸缪”这个词，念着好听，一笔一划写下来，一样好看。很密集、细致的样子，仿佛可以容纳进人生里的诸多丰富与柔软，蕴藉出一方古典之美。

只是人的一生，不是每一件事情，都可以未雨绸缪的。离婚后的流苏，回到娘家，七八年无奈的时光，总归在哥哥嫂嫂叽叽喳喳、你争我抢的小算盘中，一点点打发掉了。只有绸缪心事，一弦一柱，无端成了心底里的病根，无处可诉，无人能懂，无药可救。一个人慢慢地，煎熬在亲情冷暖的夹缝里，终究把自己熬成了一味药。

那天她撑着伞，穿着绿雨衣，搭着命运的渡轮，到了香港，范柳原在细雨迷蒙的码头上迎接她。那个人说：最难风雨故人来。还说，她的绿色玻璃雨衣像一只瓶，又注了一句：“药瓶。”她以为他在那里讽嘲她的孱弱，然而他又附耳加了一句：“你是医我的药。”

后来，雨渐渐停了。

月亮静静升在碧海青天，明晃晃地照着人世间。那个夜晚，听他们一直在说：把柴草捆得再紧一些吧，抬头看着那三星，它高高地挂在门户之上。今天是什么样的日子啊，让我看见如此灿烂的人儿。

毕竟世态炎凉，唯剩一点真心，与一方明月，可借可鉴了。是一座城池的倾覆沦陷，促成了一对平凡的夫妻。这就是俗世与俗世里的因缘。尽管是被命运掷骰子般，恰好掷到了一起。尽管摆在面前的是乱世流离，可在心里结绳的，怎么说都是一桩属于自己的传奇。在兵荒马乱之中，多少人各怀心事各绸缪，甚至分飞如劳燕——倘若，还有人愿意与自己共一回“死生契阔，与子相悦”，那今生今世，还有什么心事放不下？

漫山遍野都是今天

这些天，几乎天天落着雨。很是清凉的雨水，让盛夏的日子一下子柔和静谧起来。有时候我就坐在窗边，翻两页《今生今世》，任满帘风雨连天扯地，飘飘摇摇，尽显雨季的阴郁缠绵之态。见书中有这样一段话——爱玲喜在房门外悄悄窥看我在房里。她写道："他一人坐在沙发上，房里有金粉金沙深埋的宁静，外面风雨琳琅，漫山遍野都是今天。"

很好的句子，让我不由多读了几遍。脑海里浮现出电影一般的画面：旧上海的老房子，被满城风雨笼罩着，静默无声，几百年旧颜不改。室内光色正暗，那个人身影宁静，却偏有一种决然的色彩，煌煌的金，逼人的亮。爱玲在这份耀目的金色里，低低的，低到了尘埃里。尘埃里也是金沙弥漫。

金色，一直为皇室专属，是最高贵的色彩。而他，住在她的心里，一人独拥着金色，独占在金碧辉煌的宝座上，有王的地位。不管时事如何变迁，这里的蕴藉与宁静，也不会被打破。

爱上一个人，漫山遍野都是他。这是一种什么样的痴爱，与刻骨铭心的深情？以至于男的废了耕，女的废了织，只想着要厮守一起，爱玲还说："你这个人嘎，我恨不得把你包包起，像个香袋儿，密密的针线缝缝好，放在衣箱里藏藏好。"

世景荒荒，尘路漫漫，两个遇见了的人，只求有爱的现实安稳来承载吧。或许，也早已暗暗预料到会有令人心痛的结局。但今天是美丽的、芬芳的，这芬芳将会在她的生命中延续下去。正如她自己写的，不多的一点回忆，将来是要装在水晶瓶里，双手捧着看的。所以，才有了"满山遍野都是今天"如此绝美之笔。

这样的日子，不但是为相守，亦是为疼惜不已了。今生今世，唯一彻心彻骨的爱只属于他。他把她比作民国世界的临水照花人，没有比这种遇见，更生懂得与慈悲了。只因，他是她心中的王。

《诗经·风雨》有言："风雨凄凄，鸡鸣喈喈。既见君子，云胡不喜。"

一切景语皆是情语。"风雨凄凄，鸡鸣喈喈"这八个字，着实透露出主人公心中的不安。风雨如晦的日子，便是待在室内，心里也有瑟缩之感。而雨意茫茫无边，愈加显得自己孤立无援。爱是一个人的事，是悲伤之事，是没有办法的事。更是一件危险的事。那是做好了最坏的准备，是拼死决定一爱。她不安地等待着心上人赴约而来，心中总是惊悸不宁。爱情这东西太虚无，说不算数就不算数了。在看到他之前，一切都有可能的。那人的爱与不爱，也即将在来与不来之间看得分明。直到他终于出现，所有的惊疑才都落了地。才有一种发自内心的喜悦，如莲瓣上的灯盏，暖色的焰蕊，轻轻颤动，那样剔透而又沉静。

吉田兼好在《徒然草》里也说：世上的事，最令人回味的，是始和终这两端。男女恋爱，也是如此。又说，男女之于暗夜私会，既怕人见到，又怕人听到，但心中之恋情强烈，不见不行。此种情形于日后必然永难忘怀。如是那种经父母兄弟同意了的明媒正娶，就让人扫兴得很了。梅香暗吐、月色朦胧之夜，伫立在她身旁，或任由宅垣旁的草露沾湿了衣裳，和她一起踏着月色回去，没有这些可供追忆的往事，还不如不要谈情说爱。

吉田兼好还说，人心是不待风吹而自落的花。每念至此处，不由一声轻叹。书中写道，人在有生之年，就像雪佛一样不断地从底下融化。这正应了那句：“人类过的是一种静静的绝望的生活”。可静的根底里，偏含有一种温润的情绪，于是，遗憾也成了无言的唯美。等风雨琳琅过后，天地重归清明，那时独立花前，你也便开始原谅这世间的一些是是非非。

因为爱过，所以慈悲；因为懂得，所以宽容。

那时他们在一起谈论小说。说到“淹然百媚”一词，她说这“淹然”两字好。他问：“什么是‘淹然’？”她答：“有人虽见怎样的好东西亦滴水不入，有人却像丝棉蘸了胭脂，即刻渗开的一塌糊涂，这便是‘淹然’呀。”又一日两人并坐看《诗经》，这里也是“既见君子”，那里也是“邂逅相见”。她说：“怎么这样容易就见着了！”

那时他来信求婚。她给他回信，却是一张空白信笺。他匆匆赶回上海，眼睛里满是问号。她说：“我给你寄张白纸，好让你在上面写满你想写的字。”

这些都是民国某年夏天的事了。一天傍晚，他们站在阳台上，眺望晚烟里雾霭沉沉的大上海，心底升出一种郁郁苍苍的悲凉之感。只见高楼大厦在夜幕中微微起伏，虽没有山峦却也像层峦叠嶂。

漫山遍野都是今天。

古典爱情，芬芳情怀

在长长的夏日里，我常沉浸于一种古典的情怀。这种沉浸于我而言，清凉美好，像一枚石头沉于清澈的水底，水边藤萝蔓延，绿荫摇曳，整个夏天，因此多了几分难得的幽致。

是这样两个旧时女子，芸娘与秋芙，如同一根古典藤萝上的双生花，一个美雅如兰，一个清灵似玉，一样都是腹有诗书，宜室宜家，懂得生活，懂得爱。我很喜欢在安静的午后，翻开书页，以阅读的方式走近她们，感觉她们是住在我梦境里的一对芳邻，一言一行，一颦一笑，都是那么亲馨可人，让人生无限喜爱之心。

《浮生六记》里的芸娘，《秋灯琐忆》里的秋芙，林语堂称她们为古中国最可爱的两个女子。芸娘与三白，秋芙和蒋坦，这两对布衣夫妻，说来都是得上天眷顾，算得上淑女遇君子，才子配佳人，都是识于微时，青梅竹马，有着知根知底、两情相悦的好。

芸娘生而颖慧，端庄温柔，但见满室鲜衣之中，独她通体素淡，眉弯目秀，顾盼神飞，生就一番缠绵之态。芸之慧心，不仅在女红，亦在笔墨：她言杜甫锤炼精纯，李白潇洒落拓，有一种落花流水之趣。她常阅西厢而忘倦，惜字画如珍宝，属于锦心绣口的那种女子。秋芙却有一种旁逸斜出的娇俏之美，一出场的镜头即是“绾堕马髻，衣红绡之衣，灯花影中，欢笑弥畅，历言小年嬉戏之事”，堕马髻，是种偏垂在头发一侧的发髻，那薄红的轻衫、倾斜的发髻、迷人的笑靥，无不散发着别样的风情。

秋芙和芸娘一样有才，一样的懂乡居之美，识园林之妙。可以与夫君谈诗唱和，饮酒赏月，红袖添香。不过在男子心里，最值得骄傲的，还是妻子有耐心善待他的家人，有本事款待他的朋友，使他有面子有风光。芸娘不但有此精神，而且颇有办法，能够为其夫君及朋友创造雅集的氛围和情调。譬如，三白和朋友们计划到郊外对花饮酒，又不肯冷饮，踌躇之间，芸娘灵机妙想，雇了卖馄饨的担挑，使锅灶俱往，热酒蒸菜，烹茶煮粥，众人皆大欢喜。在这方面，秋芙也毫不逊色，有次蒋坦与满屋客人通宵畅饮，纵情文酒之乐，瓶瓶罐罐的酒全被喝干后，秋芙便脱下玉钏去换酒。一个妻子，为了夫君及其朋友的快乐，肯于卖了金钗去买酒置菜，这让自己的夫君，打心底里赞许。而作为女子本身，也是心甘情愿，乐在其中的。正如有首诗这样说：“爱君笔底有烟霞，自拔金钗付酒家。修到人间才子妇，不辞清瘦似梅花。”

我喜欢芸娘巧置的梅花盒：用二寸白磁深碟六只，中置一只，外置五只，用灰漆就，其形如梅花，置之案头，如一朵墨梅覆桌。

启盏视之，如菜装于瓣中，一盒六色，二三知己可以随意取食，食完再添。夏月荷花初开时，晚含而晓放，芸娘用小纱囊撮茶叶少许，置花心，明早取出，烹天泉水泡之，香韵尤绝。秋芙亦不分伯仲，她在金属盆器里把戎葵叶捣成汁，再掺杂一些云母粉，用来拖染诗笺，把诗笺染成银光闪闪的蔚绿色，蒋坦说外人就是精心制作，也没有能比得上她的。春将暮，桃花为风雨所摧，零落池上，秋芙拾花瓣砌字，作词云："春过半，花命也如春短。一夜落红吹渐漫，风狂春不管。""春"字未成，而东风骤来，飘散满地，秋芙怅然。蒋坦曰：此真个"风狂春不管"矣！两人相视一笑。秋来多雨，蒋坦在枕上听见雨打芭蕉，有一种心碎的美。便题词于蕉叶之上："是谁多事种芭蕉，早也潇潇，晚也潇潇？"第二天，只见叶上秋芙已续书数行："是君心绪太无聊，种了芭蕉，又怨芭蕉。"这样的郎情妾意，是离不得的痴怨嗔怪，是爱未央的姹紫嫣红，说来不过寻常生活，却自成一段佳话。

不管是三白笔下的芸娘，还是蒋坦书里的秋芙，两人共同的特性是真实、可爱。因为真实，所以比臆想多出一层亲切，一层鲜活，一层温度。因为可爱，则比美丽多出一种襟怀，一种气质，一种痴情。与大观园中的女儿相比，芸娘和秋芙，比黛玉柔和，比宝钗淡雅，比探春体贴，比妙玉多一份人间烟火；与当今时尚女子相比，则更多了一份内涵，一份古典，一份矜持。且看芸娘一身素淡何其娴雅，顾盼神飞何其缠绵，纵览太湖何其怡然，女扮男装，何其英姿。再看秋芙，穿上蒋坦为之制作的梅花画衣，香雪满身，望之如绿萼仙人，翩然尘世。秋月正佳，负琴放舟两湖荷芰之间，秋芙鼓琴作《汉宫秋怨》曲，与蒋坦采池中新莲，制羹以进。可见，芸娘与秋芙，她们身上都有着崇尚自由的精神、至情至性的禀赋和恬淡自适的天性。可就是这样两个最可爱的女子，却都不料中道溘然长逝，空留下孤灯一盏，半世余恨，让人泪痕满襟，唏嘘不已，嗟叹红颜薄命，造化弄人……

《浮生六记》，化用李白“浮生若梦，为欢几何”的句子，以形成缥缈感怀的境界。记得书中有段记述：是年七夕，芸设香烛瓜果，同拜天孙于我取轩中。余镌“愿生生世世为夫妇”图章二方，余执朱文，芸执白文，以为往来书信之用。是夜月色颇佳，俯视河中，波光如练，轻罗小扇，并坐水窗，仰见飞云过天，变态万状。芸曰：“宇宙之大，同此一月，不知今日世间，亦有如我两人之情兴否？”想来姻缘美好如此，世上一月，大可抵得千年孤寂。当年两人即使在家中相对，或窄途邂逅，必握手相问何处去。这样的私心忒忒，这样的你侬我侬，年愈久而情愈密，如芸所言：“他年当与君卜筑于此，买绕屋菜园十亩，课仆妪植瓜蔬，君画我绣，以为诗酒之需。布衣菜饭可乐终身，不必做远游计也。”芸娘是个温柔婉顺的妻子，她心中的夫君，自然是襟怀磊落，儒雅温润的。正所谓：积石如玉，列松成翠，郎艳独绝，世无其二。正所谓：终身所约，永结为好，愿琴瑟在御，岁月静好。

让人只觉得人世是这般可恋可亲，这般绵密深长。每次读过前面的记乐、记趣，第三卷《坎坷记愁》会让人不忍卒读：不忍昨日兰蕙之人，今成憔悴病妇；不忍天伦融融之乐，瞬间生离死别；更不忍一对相契相守的璧人，却换来家破人亡的境地。芸娘临终时曾呜咽而言："总因君太多情，妾生薄命耳！人生百年，终归一死。今中道相离，忽焉长别，不能终奉箕帚、目睹逢森娶妇，此心实觉耿耿。"言已，泪落如豆。沈三白更以断肠之叹，奉劝世间夫妇，固不可彼此相仇，亦不可过于情笃。语云"恩爱夫妻不到头"，如余者，可作前车之鉴也。

真是情深不寿啊！一如那句：在我心里，你就是我的天地人间。没有你，这一切繁华锦绣，于我不过是万念俱空。一如《秋灯琐忆》里的喟叹："忽忽前尘，如梦如醉，质之秋芙，亦忆一二否？"秋芙回娘家，蒋坦日思夜想，细数着分别的时日，将妻子画像悬挂于卧室中，每天用沉香供着；秋芙患有肺病，每到天凉便咳嗽，寒夜里蒋坦不忍唤醒熟睡的仆人，亲自熬莲子羹给秋芙滋补。两人信佛，愿在数年之后，结庐河渚之畔，晨钟夕梵，忏除慧业。花开之日，当并见弥陀，听无生之法。即或再堕人天，亦愿世世永为夫妇。

可恨人生总是不得圆满，门内，是当下足堪珍惜的一粥一饭之暖，门外，一抬脚就是望不尽的天涯道路，更兼浮生若寄，世事无常，总是要留下许多伤感和遗憾。即使芸娘与三白，秋芙和蒋坦也不能例外。纵是彼此之间，这般性命相知，不离不弃，却是几番起伏好景不长，纵是当下举案齐眉，吉祥安稳，也难免来日的哀愁离散。也许某一天，回首前尘旧事，会发现什么来不及了，一切都回不去了。时间的残垣断壁，足以造成很多记忆的隐痛和硬伤。这样的伤痛，芸娘有过，秋芙有过，我们在泅渡时间之河的过程里，也大约会或多或少地经历吧。在人生无涯的荒野里，谁不是受制于时间的宿命，谁又能逃过造化弄人的收梢呢？

沈三白和蒋坦，都不过是旧时的平凡书生，一个住在古城姑苏，一个住在杭州西湖，两人皆酷好诗书丹青，性喜丘壑林霞，一生无意功名，独钟情于闲云野鹤、简静淡泊的日子。两人一生最花好月圆、最安稳静好的，就是和妻子在一起的甜蜜岁月，然而，如斯几十年琴瑟岁月，亦是无从把握，因为人间太多颠沛流离、猝然而至的苦难，总是裹挟着命运的重重悲伤，一如潮汐，一如狂澜。所幸两人各写下一本追怀往事的书，用白描的手法，记载着夫妻寻常之事，闲情淡趣之雅，更兼坎坷生活之苦。以一种心灵独白的方式，宁静地讲叙一段布衣爱情的温暖，一种刻骨铭心的思念，以及人生际遇的辗转苍凉，为我们清晰地保留了这些古典的记忆。其喜，是天下有情人的欢喜，其痛，亦是天下有情人的苦痛，一字一句，皆有柔软爱意，皆是情怀蕴藉，皆是切近心灵，透着江南才子的文化底蕴和精神气质。

每每安静读之，心思沉浸于书页之间，与两位女子同爱同恨、同乐共忧，仿佛自己也曾生于旧时，如此这般在尘世活过一回。读她们的人生初见时，故事的开始，是美眷如花，是赏心乐事，心里总跳跃着清新的欢喜，仿佛世间千人万人之中，只有这个少年是他，只有这个女子便是她。后来渐渐地，却是读到很多似水流年的变数，在尘世的雨打风吹下，病了，散了，以致辛酸无处诉，生死两茫茫。读罢掩卷，常寂寂无言，如梦未醒一般。其实，日子还是柴米油盐的味道，可内心深处，却沁润着一种古典的芬芳。

徽州女人的美丽与哀愁

徽州多山多水，宛如桃花源，有幽幽画卷之美。千百年来，古徽州以其独特的水墨神韵和深厚的人文蕴涵，让人寻寻觅觅，一生痴绝。徽州山水，堪称一种文化的乡愁，是记忆天地里极审美的一部分。一旦结下不解之缘，无不寤寐求之，辗转反侧。

同乡谢思球，笔名江南倦客。十年来，就是这样禀一腔痴绝，思之如狂，求之若渴。一次次跋山涉水，走进徽州，辗转寻觅于徽州大地，像一个孤单的旅人，放下天涯与江湖，回归灵魂故园。一程程奔波迂回，追慕故园风物，寻访旧迹芳踪，是为了与这片山水相濡以沫，亦为了邂逅那些湮没于光阴深处的徽州红颜，与她们相遇、相知，为她们撰书立说。十年一觉徽州梦，著成《徽州女人》。在这个世间，为女子写书，本身就是一桩美好温暖的事情。印象最深的，是雪芹先生耗尽十年辛苦，立志为闺阁女子立传，写就《石头记》，十年辛苦不寻常，都云作者痴，谁解其中味？有一种味，是人间的沧桑冷暖滋味，是生命的梦想荣辱滋味，是一种弥足珍贵的理解和参悟。而美好的人生梦想，也许是要开花结果的。

《徽州女人》上辑“生为女人”，撷取十九位不同时代的女性，以其各色人生与迥异经历，引经据典，层层铺展，阐释生为女人，特别是生为徽州女人的苦难艰辛。尤其她们在文化方面的成绩与贡献，大多是不为人所知的。徽州女人如璞玉，随着时光的淘洗，早已深埋于历史与民间。她们需要被发现、被正视，同时更需要珍视和懂得。她们是这片厚重山水间，隔着茫茫岁月而失散的知己红颜。由于历史上徽州女人的社会地位很低，整个社会对女性创作非常漠视，她们一直处于被遮蔽状态，这便注定了写作的艰难。作者十数年间，一点点寻觅，一点点积累，这样的过程是很不容易的。每当发现一个在文化上有所作为的徽州女人，自是欣喜不已。正如作者后记里所言：“写作的过程，是发现的过程。”可也是用心的过程吧，用心地为“徽州女人”写本书——譬如：朱淑真，为谁断肠；曹诚英，化蝶之恋；苏雪林，霜天鸿雁征；何佩珠，我有一帘幽梦；舒绣文，生当若春水；程季淑，雅舍红颜……这些信手写就的文字，颇见其丘壑功底。思想才情，亦流露蕴藉于笔端纸上。篇篇题如小令，取意清雅、匠心独具，内容丰富详实、错落有致。一书捧读在手，字字看来皆是有味清欢。

生为女人，倘若不巧偏又沾了些才气，往往是颇为尴尬的。这样的女子，一生大抵要在遗憾里黯然落幕。在《吴藻，才女就免不了遗憾》中，吴藻是个才女，她天分极高，琴棋书画，无所不精，尤工词曲。年轻时喜欢女扮男装，儒巾长袍，俨然翩翩佳公子。常出外游冶，与一些文人诗酒唱和，以抒平生意气。20岁时即以杂剧《乔影》而闻名大江南北。后人生历经变故，长期幽居南湖，将平生创作编成两本集子：一是《花帘词》，收集三十岁以前的词作；一是《香南雪北词》，收集30岁以后的作品。“记得黄昏小院，曾伴花宿”。曾自问，几生修得到梅花？她一生爱梅、写梅，与梅相伴，冷艳孤傲，把每一朵雪花都认作芳邻。

才女就免不了遗憾，果真如此吗？红楼里薛林二人，就才女之事曾切磋过。宝姑娘观点明确，她说作诗写字等事，本不是女子分内之事。只该做些针线纺绩的事。既认得了字，若移了性情，就不可救了。女子无才便是德，这是旧时传统。是旧时女子都要明白的传统，是一条勒在女子心头的铁律。宝姑娘是早就明白了的，尽管如此，可到底也没换来个锦绣前程，实在可惜可叹。

不过，世间天遂人愿的事也是有的。《我与荷花同日生》里的方婉仪，就是一个得遇上天眷顾的才女。她出生书香世家，是扬州八怪罗聘之妻。两人皆歙县人氏，可谓珠联璧合，天造地设的一对。方婉仪自幼能诗擅画，禀性温柔。曾作一首《生日诗》：淤泥不染青青水，我与荷花同日生。友人喻其“性与荷同生，淡与梅相忘。”后来，夫妻二人定居扬州，诗意地栖居于“朱草诗林”。终日以作画、卖画为生。日子虽然过得清贫，可是快乐。“这诗情画意的江南，本身就是一幅春意盎然的画。方婉仪不但美貌多才，且还是位贤妻良母，耗尽毕生心血，培养儿女，使他们个个成为画家。且都以画梅出名，成为清代画史上有名的罗家画派。他们是一群生活在画里的人，他们用自己的灵感养活了一群墨孩子。料想在那雪花纷飞的日子，一家人带着画板，一起去赏梅写生，何其怡然。”如斯幸福美满人生，也许就是人们说的桃源境地了。

这不禁使人想起《浮生六记》，想起沈三白笔下的芸娘。芸娘是个古典浪漫的女子，性灵温润、美丽端庄。她生在江南苏州，从小能诗擅对，有着一份平常女子的诗心。与沈三白早年相识，因“一碗粥”得缘，日久生情，后缔结连理，长居沧浪亭边，携游太湖山水，芸曰：“此即所谓太湖耶？今得见天地之宽，不虚此生矣。想闺中人有终身不能见此者！”林语堂译成《浮生六记》，感慨地向友人说：沈三白之妻芸娘，乃是人间最理想的女人，能以此姝为妻，真是三生有幸呢！纵观上辑“生为女人”，程琼之于吴震生、李苹香之于李叔同、曹诚英之于胡适、方婉仪之于罗聘，莫不如芸娘耳。只是，有的梦终究圆满了，有的梦，却匆匆而凋谢。

下辑“徽州翠翠”，从贞节牌坊、徽州女祠、徽州母亲、美人靠、未亡人及胡雪岩的十二金钗等角度展开笔墨，从徽州牌坊、民居、祠堂这“古建三绝”依次步步深入，让我们以慈悲为怀，走向粉墙黛瓦，去聆听一群徽州女人的故事，了解她们的情感与人生。文中说道：“这样的行走，注定有一种彻骨的孤单。”只缘，将整个身心襟怀，倾注徘徊在历史斑驳的倒影里，那是找不到自己的孤单，看见前世今生的孤单。那是斯人已逝、香消玉殒的孤单与寒冷。

作者在《贞节牌坊，当爱成为一种形式》里说："青春一夜而过，一生等于石头。牌坊，是徽州女人生命的废墟……当爱成为一种形式，成为一种被封建统治者所利用的形式，这有多么可怕。"她们在等待一生之后，默默地消失在民间，化为泥土，化为石头。烟锁重楼，楼顶是碧海青天，楼外是青山绿水，楼内是寂寞佳人。生为徽州女子，时时刻刻都要面对生离死别。而人生里每一场离别，莫不是刻骨铭心、柔肠寸断的。世外桃源，或许可寻可遇，而爱情桃花源，于更多的徽州女人来说，也许只能以相思的方式，遍遍临摹了。一幅"美人靠上的凝望"，挂在岁月的彼岸，美人老了，故事远了，只有河水静静地流着。记得南朝江淹《别赋》有句："明月白露，光阴往来。与子之别，思心徘徊。"字里行间，说得再清楚明白不过。思念与离别，总归是黯然神伤之事，最是缠绵悱恻，惆怅不能言。"不许生红豆，恐伤持赠心"，也难怪歙县女子方荃如此作诗。因为，这个世间女子心事多是隐忍含蓄的，她们深知相思之苦，深知人生的美丽与哀愁，深知生为女子的不易。她们只愿意人生是简单的，只希望得遇良人，从此简单生活，简单爱。不愿意短短一生，有说不尽的悲欢离合，道不完的阴晴圆缺。

我曾客居徽州半载，那是一生之中最单纯寂寞的时光。此去数年，那些遥远的日子，早已沉在记忆深处，恍如隔世，可又时常梦绕魂牵。而今有过三两世事，倒惦念起往日的静好。我常常梦回徽州，仿佛自己仍在那条清澈的河流边，采薇浣裳，历经人间烟火岁月。我知道，在那条蜿蜒的新安江畔，总是生活着一群美丽的徽州女子，她们温润如玉，灵秀如水，柔韧而善良。她们都是我的异乡姐妹，我的莫逆知己。她们的生生世世，在徽州山水之间，获得了恒久的性灵之美。一个个优美而简约的身影，永远不会老去。正如这深秋午后，我就着暖阳，以一个女子的视角，读两页《徽州女人》，只需散散漫漫来读，便可透过文字的高墙，识得徽州女子的灵魂性情，看见世间女子的明月前身。

亦真亦幻脂砚斋

缘于对《红楼梦》的喜爱，近年我茶余饭后，开始读几页《脂砚斋重评石头记》。书中，脂砚斋以其非凡的才情学识，留下了大量精彩独到的脂批。其实《红楼梦》面世之初，就是脂批本，可以说，脂批是《红楼梦》弥足珍贵的一部分。而脂砚斋，可谓最早的红学家。

据红学家考证，《红楼梦》是曹雪芹和脂砚斋一起创作而成的。然很久以来，脂砚斋一直是个神秘人物，其身份扑朔迷离，亦真亦幻。脂砚斋其人是谁，与曹雪芹是何关系，历来总是众说纷纭，莫衷一是。有作者说、妻子说、叔父说、堂兄弟说，但迄今仍未有定论。不过，有几点是毋庸置疑的：其一，脂砚斋非常清楚曹雪芹的生平；其二，脂砚斋了解曹雪芹的创作思路；其三，脂砚斋和曹雪芹关系亲密。

我们可以通过脂批，来读一回脂砚斋，其全方位多层次的人格魅力，让人不但欣赏，而且着迷。脂砚斋和曹雪芹，不仅有共通的生活经历和感受，深知作者著书底里，懂得个中三昧，熟知著书过程中采用的多种奇思妙法，并对作者创作意图和隐喻进行说明，经常不厌其烦地引导读者，步步深入地发现线索，甚至还参与《红楼梦》成书的创作过程。真可谓“满纸荒唐言，一把辛酸泪！都云作者痴，谁解其中味？”而脂批，是解开“红楼”之谜的重要密码，为红学探佚学分支，提供了最直接、最主要的探佚依据。

比如贾府四姝元春、迎春、探春、惜春，脂批明确告诉我们“元迎探惜”谐音“原应叹息”，从命名上就暗示了她们的悲剧命运。比如香菱，原是甄士隐的女儿甄英莲，谐音“真应怜”，香菱也有“相怜”之意，“根并荷花一茎香，平生遭际实堪伤”，可见她的命运也“真应怜，实堪伤”了。比如贾宝玉神游太虚幻境时，警幻仙让他饮的茶和酒，名曰“千红一窟，万艳同杯”，实则寓意“千红一哭，万艳同悲”。还有“霍起”是“祸起”，“娇杏”是“侥幸”等此类批语，书中随处可见，无须赘述，总是一语破的，入木三分，让人茅塞顿开，恍然大悟。

从许多脂批可以看出，“一芹一脂”有很深的渊源，他们是青梅竹马，两小无猜的。比如十七回，贾宝玉听说贾政要进园一溜烟急忙逃开，脂批道：“余初看之，不觉怒焉，盖谓作者形容余幼年往事，因思彼亦自写其照，何独余哉？”可见，脂砚斋与作者识于微时，拥有一段亲密无间的童年时光。

又如第三十八回，湘云设螃蟹宴，黛玉要吃酒，宝玉便令将那合欢花浸的酒烫一壶来。脂批道：“伤哉！作者犹记矮（幽页）舫前以合欢花酿酒乎？屈指二十年矣。”可见此处情景，是他们曾经有过的旧日往事，恍惚之间已经二十年了。

庭院深深深几许，亦真亦幻脂砚斋。我愿意将脂砚斋想象成一位典雅的传奇女子，她冰雪聪明，兰心蕙质，她是芹溪的红颜知己，她和芹溪一样，生于诗礼簪缨之族，温柔富贵之乡。她的才情不输黛玉，博学不逊宝钗，爽朗不让湘云，颖慧仿如探春，可爱恰似宝琴……在《红楼梦》的女儿中，不止黛玉、宝钗、湘云她们身上，有脂砚斋的美丽身影，岫烟、平儿、紫鹃等其他美好女子身上，也或多或少有她的灵秀气息。

只是世事无常，富贵无根，她和芹溪的人生终是坎坷不平的。当家亡人散各奔腾，只有她和芹溪艰难地活了下来，在那个满目哀愁的人世，一起相依为命，年复一年。

记得有段甲戌眉批，读来印象最深：“能解者方有辛酸之泪，哭成此书。壬午除夕，书未成，芹为泪尽而逝。余常哭芹，泪亦待尽。每思觅青埂峰再问石兄，奈不遇癞头和尚何！怅怅！今而后惟愿造化主再出一芹一脂，是书何幸，余二人亦大快遂心于九泉矣。”

从这段泣血文字，足可看出“一芹一脂”关系非比寻常。否则她怎会悲恸至此，哭成此书。在芹溪死后仍继续整理批注，字字浸透辛酸之泪。如果说，在茫茫时空旷野里，宝黛是木石前盟的知己，那么脂砚斋和芹溪，更是相濡以沫，生死相随的知己。可以同富贵共患难，一起经历过“烈火烹油，鲜花着锦”的繁华富丽，也经历过“寒冬噎酸齑，雪夜围破毡”的凄凉沧桑，后来，在“举家食粥酒常赊”的困境中，他们含辛茹苦，呕心沥血地创作《红楼梦》。想壬午那年除夕，芹溪弥留之际将“红楼”残稿托付给脂砚斋，抱恨而逝，脂砚斋将是怎样挨过往后愈加艰难的岁月，是怎样贫病交加，身心憔悴？可卿上吊，金钏投井，尤二姐吞金，尤三姐自刎，晴雯病故，迎春早逝，黛玉魂归……书中这些鲜明莹洁的女儿，都悲切地死去，她心爱的芹溪也不在人世了，物是人非事事休，欲语泪先流，人世间种种大悲大殇，像不息的河流全汇聚于一起，全要靠这颗柔弱的心灵，一点点来承受。

这时候，只有她孤身一人，夜夜挑灯批书，一任灯影幢幢，月明星稀。这时候，她心中真正是白茫茫一片大地了。其苦，苦过书中所有女儿；其痛，是无人可及的痛；其爱与执着，是真正默契相惜的灵魂知己，才有的深情与执着。

一如这首诗所言：“浮生著甚苦奔忙，盛席华筵终散场。悲喜千般同幻渺，古今一梦尽荒唐。谩言红袖啼痕重，更有情痴抱恨长。字字看来皆是血，十年辛苦不寻常。”

是的，悲喜千般，古今一梦，字字皆血十年辛苦，都是不寻常。在大观园的理想国里，一个是阆苑仙葩，一个是美玉无瑕；而在浮生的青埂峰下，一个是茜纱公子情无限，一个是脂砚先生恨几多。若说没奇缘，今生偏又遇着他；若说有奇缘，如何心事终虚化？“一芹一脂”，说来更是不寻常，是几世的奇缘与造化了。

脂砚斋之于芹溪，好比朝云之于东坡，芸娘之于三白一样，是如花美眷的温暖，是不弃不离的流年。而脂砚斋之于我们，则是那蒹葭苍苍，白露为霜的伊人，她的身影或近或远，像一幅烟云缥缈的山水画，隐于时光的墨色深处。她的美，总是那样亦真亦幻，让人辗转反侧，寤寐思服，且趁这奈何天，伤怀日，寂寥时，读一回真事隐，记一点脂砚斋，以一种古典的痴迷，却又无可溯洄的惆怅，试遣愚衷吧。

在阅读脂批之时，我一遍遍想象脂砚斋的一颦一笑，一嘘一叹，有时候仿佛在水一方，有时候却又近在眼前。其音容举止，如花隔着云端，如云栖在深岫，如水流在清溪，让我想起黛玉，想起湘云，想起宝钗，想起大观园里所有美好的女子。

跋·随时间而来的芬芳

一个晴朗的午后，阳光破窗而入，映照出一方温暖明媚的色彩。这时候，我就生了写字的感觉。其实，也没什么好写的。生活不过是日常的重复，一粥一饭的安稳。只是难得周末，难得独处，便不舍得辜负了这样的好时光。

被子晒在太阳底下，只等着日渐西斜，一床床收回。这时候，稠密的阳光不停落在上面，摸上去，有厚厚软软的暖意。这些被子，都是当年的陪嫁，清一色的大红锦缎被面，棉质印花的被里。有几床崭新的还没用过，订被的红线还好端端的，原样未动。一晃，却已结婚多年。

这些年，就这样辗转着过去了。有苦，有累，有得有失。看着孩子一天天长大，我也日趋成熟。这一切的拥有，让我的生命变得日益完整与厚重，深深懂得生为女子的好。这些盈盈可握的幸福，是我生命里最重要的东西，我很珍爱与不舍。

我想，纵然自己生来就有卑微柔弱的一面，可也是个懂得担当的人。记得心情不好的时候，会常看看佛经。在佛经里寻得慰藉，从而拯救自己，释放自己。佛说：一切有为法，如梦幻泡影，如露亦如电。应作如是观。而众生却是颠倒梦想，把思想落在远处，常常忽略了眼前的东西。

有些不快乐，或不如意，也许都在这“颠倒”之中了。

不知你可曾发现，在岁月的河流上，一些旧日里最美丽，最哀愁的事物，到后来都变成了一生中最清澈、最温暖的曾经。而所有的岁月与流年，所有的美丽与哀愁，终是一个安静女子的烟火日常，以及有关心灵层面的安静成长。

安静地写字，写一己的素心素意。写内心的天然之气、清澈之气、草木之气。就这样缓慢而安静、清新也明媚地写着。窗外，风一直这样静静吹着，多少年就这样随风而去。我渐渐，只为一朵花的芬芳，清醒自得，默然欢喜。

记得曾写过这样的诗句：“我说，荷是我今生的梦想，一年年开着清悠，或淡雅的花。我说，那些随时间而去的梦，终是随时间而来的禅。一候初心不忘，二候我已亭亭，三候真水无香。”

倘有荷在池，倘有荷在心，则长长的雨季何患？相信，所有寂静欢喜的梦想和流年，也终是为成全内心的慈悲与懂得。在走过时光的残影幢幢，及生命的墨迹斑斑后，那种发自内心的文字，便是一个人的真水无香，便是一个人的华枝春满，天心月圆。

相信每个女子，都是一朵深情的荷，一朵遗世独立的荷，一辈子开着清悠，或淡雅的花。相信，以荷的气质生活，是一种美好的生命状态，一种淡雅的内蕴之美。相信，每一朵盛开或凋谢的荷，都会是前世最初的芬芳，都会是今生最美的苍绿，都会是一个美丽的缘起，都会成为一个女子内心深处的禅。

禅是一枝花，是一颗安静单纯的心。只要欢喜而清醒地开着，自有一种从容的芬芳。此心若是淡然，自是沉静优雅，自是落花无言，人淡如菊。

感谢这些年里，相陪着我一起走过岁月的家人和友人。你们，是我生命里不可或缺的柔软与存在，是我生命里永远的一部分。因为你们，我拥有了温暖，拥有了记忆，从而慢慢地，成全了现在的自己。

是你们，让我相信一切美好的存在。相信此生有漫漫长路可走，可以慢慢去说心里的话，慢慢去做想做的事，且会有一方新天新地，在另个春天的山长水阔处。就像这些年，一半平淡，一半艰难，现如今，我得以平安渡过，除了心存感激，我已经无以为报。真的无以为报了，因为我深深懂得，我手握的琼瑶，本就是你们给的。

让我们从容相爱，如叶生树梢，让我们从容生活，如草生堤堰。

我愿意一辈子，以一种慢生活的姿态，活在这珍贵的人间。以一份简单的素心，一如既往的坚定饱满，相信爱，用心爱。相信从今天起，我们都可以做个欢喜的人，像植物一样安静生长，四时明媚，静水流深。

那时青荷

农历丁酉年 桐月